小学館文庫

身代わり皇帝の婚姻

～後宮の侍女ですが、入れ替わった皇帝の代わりに結婚を迫られています～

松田詩依

小学館

目次

もくじ

序章

侍女と皇帝、三度目の入れ替わり

「父上、これは一体どういうこと!?」

白麗霞の大絶叫が村に木霊した。

ここは朝陽国の外れにある白という小さな村。

麗霞が後宮の侍女として勤めはじめ一年が経った春。ようやく暇を与えられ、遠路はるばる実家に帰ってきた彼女は父、霞焔の顔を見るなりそう詰め寄った。

「いや、いつか話そうと思っていたんだが……完全に機会を逃してしまってな」

「そんな話すの忘れてました、みたいな感じでいわないでくれる!?」

「まあまあ、二人とも落ち着いて」

今にも父にお茶をぶっかけそうな勢いの麗霞を諫めたのは従姉妹の游静蘭。

天帝の妃の一人であり、麗霞の主——なのだが、その正体は麗霞の護衛である。

「……麗霞が怒っているのは俺たちが天帝の血を引いている、ということだろう」

麗霞が憤るのも無理はなかった。

都から遠く離れた田畑と広大な山々に囲まれたド田舎で生まれ育った自分が、実は皇帝の隠し孫だった——と知ったのがたった数ヶ月前だからである。

「いつかは知るときが来るだろうと思っていた。だが、麗霞にはなにも知らずに生きてほしいからずっと黙っていたんだ」

「父上……」

「だが秘密はいつかは漏れるものだ。だから俺は游家と相談して、麗霞を一番安全であろう後宮に送ることにしたんだ。傍には静蘭もいる。こんな安全な場所はない……と思ったんだが。この間のことに関しては本当に面目なかった」

　このことが露見すれば平凡には生きられない。

　元より霞焔は天帝の座など興味はなかった。だからこうして都から離れたこの小さな村で静かに生きているのだから。

　だが、安全なはずの後宮で麗霞は命を狙われた。その秘密を知った何者かによって。だから今回の帰省は麗霞の出生と今後の身の振り方について話し合うつもりで――。

「父上、なにか勘違いしてない？　私そんなことで怒ってるんじゃないの」

「――へ？」

　その言葉に霞焔と静蘭は面食らった。

　なにも気付かないのか、と麗霞は打ち震えながら父を見上げる。

　この一年、散々な目に遭ってきた。命を狙われる程度のことはどうってことない。

　そう。問題はそこじゃない。

「——父上のせいで私、結婚迫られて大変なんだけど？」

「結婚？」

霞焔が首を捻った瞬間、どたどたと大きな足音が聞こえてきた。

「この足音はまさか——」

「こんな辺鄙な場所までよくもまあ……」

さあっと麗霞の顔が青ざめ、静蘭からふっと笑みが消えた。

なんのことかわからず戸惑う霞焔を余所に、けたたましい音を立てて扉が開いた。

「この俺を放って宮廷を飛び出すとは、実に面白い女だな！」

よく通る声が屋敷に響き渡る。

日に焼けた色黒の肌、短い黒髪に筋肉質な長身。獣のような獰猛さを感じさせる切れ長な金の瞳をしたやけに顔が整った美青年。その名は陽暁光。

「我が妻、白麗霞よ！　この暁光が迎えにきたぞ！」

「呼んでない！　誰も微塵も呼んでない！　帰ってください！」

そう。麗霞は天帝の異母弟に結婚を迫られていたのである。

＊

「慈燕、一体これはどういうことだ!?」

宮廷に轟くは、この国の長、天帝天陽の大絶叫。

「ですから、暁光殿下が白麗霞を追って宮廷を飛び出しまして――」

「違う！　いやっ、それも由々しき問題だが……この状況はなんなんだ!?」

主に詰問され、側近の李慈燕はそれはもう胃が痛そうに顔を歪めながら頭を下げた。

「――隣国、春明から新たな妃が入内する運びとなりました」

ここは謁見の間。

天陽と慈燕の前にずらりと並ぶは、朝陽では見慣れない装束に身を包んだ数十名の使者たち。彼らから捧げられる貢ぎ物を受け取りながら、宰相の長老四人衆はにんまりと笑みを浮かべ、天陽に向き返った。

「連鈴玉妃の降格から北宮が空き、間もなく一年となります」

「いつまでも空の宮を放置しておくわけにもいきますまい」

長老その一、その二が続けざまにいう。

「一年以上前はどの宮も空だったであろう！」

「昔と今では状況が大きく異なります、陛下！」

反抗する天陽に、長老その三がぴしゃりと檄を飛ばしてきた。

「陛下がご立派に天帝として歩みはじめたならば、次は世継ぎが必要」

「病にふせる皇后様はともかく、他三人の妃様たちにご懐妊の兆しは一切なし」

「子孫繁栄は朝陽の存続には不可欠」

「今の妃で陛下が子を生せぬというのであれば、新たに妃を娶るまで！」

そうして四人衆は高々にこう叫ぶ。

「此度は同盟国、春明きっての申し出！　その姫君が直々に天陽様に嫁ぎたいといらっしゃったのです！」

四人の掛け声と同時に、使者たちがざざっと道を空けた。そして謁見の間の扉が開き、これまた大勢の女官に囲まれ行進しながら、一人の少女が天陽の前に跪いた。

「ご無沙汰しております、天陽陛下。春明国が姫、桜春花――ここに参りました」

春の陽気のような柔らかな声音。

年は十六頃。桃色の衣を身に纏った可憐な少女が顔をあげた。

「大国の姫ともあろう者が、皇后ではなく一介の妃として自ら私に嫁ぎたいと？」

「はいっ！」

天陽なりに精一杯の嫌みを込めたはずだった。が、彼女には全く効果がなかった。

春花はずずいと天陽に迫り、その両手を握り目を輝かせた。

「天陽さまっ、ようやく私は貴方さまの妃になる準備ができました！」

「……は？」

「いつか迎えにくる、幼い頃そう約束したでしょう？」

「ちょっとまて……一体何の話──」

「いつまで経っても、天陽さまは迎えにいらしてくださらないから……私がきてしまいましたっ！　あの日の約束どおり、私たち夫婦になりましょう！」

「はああああああああああああっ!?」

満面に笑みを浮かべる春花に天陽は顎が外れそうなほど口をあんぐりと開けた。

その大絶叫は宮殿中に轟いたのであった。

＊

「……ただいま、帰りました」

「……随分と短い帰省だったたな」

予定より三日も早く、麗霞はぐったりとして宮廷に帰ってきた。

とある事情によりつ、う、か、あの仲になった皇后秀雅（しゅうが）が暮らす枢麟宮（すうりんぐう）に赴けば、そこにはやはりぐったりした天陽の姿もあった。

「どうした二人揃（そろ）って。病人の私より死にそうな顔をしているではないか」

げっそりしている二人を見やり、秀雅は呆（あき）れたように肩を竦（すく）める。

おまけに気落ちしているのは麗霞と天陽だけではなかった。

「今回ばかりは――」

「私もお手上げですね」

二人の傍にいる静蘭と慈燕も疲れ切って項垂れているではないか。まさに死屍累々。

「――鈴玉。今日は酒はやめて、皆に茶を。それからとびきり甘い茶菓子を」

「はい！」

秀雅は侍女の鈴玉を走らせながら、麗霞と天陽を見据える。

「麗霞、天陽……其方ら一体なにがあったのだ」

すると二人は同時にがばりと顔をあげ、口を揃えてこういった。

「暁光様が『いつ結婚するのか』って帰省先まで付き纏ってくるんです！」

「春花が『いつ祝言をあげるのか』と四六時中付き纏ってくるんだ！」


――麗霞、曰く。

『なんでこんなところまで来たんですか!?』

『白麗霞、お前は俺の未来の妻。つまり、お前の家族は俺の家族も同然だ！　挨拶にきてなにが悪い！』

『誰も結婚するなんて一言もいってませんっ！　縁談を勝手に決めたのは父です！』

びしっと麗霞は父を指さす。

娘に睨まれた父はさっと目をそらし、素知らぬふりをする始末。

これには麗霞と、結婚に大反対していた静蘭が黙っていない。

『こら父上っ、目をそらすなっ！』

『叔父上様？　今回ばかりはきちんと説明していただかないと、私も許せませんわ』

『いやいや、これにはふかぁ〜いワケが――』

と二人に詰め寄られたじたじになる父に思わぬ助け船がやってきた。

『――なになに!?　麗霞が美男子連れて帰ってきたんですって!?』

『麗霞に春が来たって!?』

『あの男勝りを嫁に貰おうなんてどんな物好きだ!?』

噂を聞きつけた親戚一同が暁光を見に屋敷に集まってきたのだ。

周囲の注目を浴びながら、暁光はにやりと笑い麗霞の肩を抱いた。

『白一族の皆、お初にお目にかかる。俺は陽暁光と申す者！　皆の大切な姫、麗霞はこの俺が一生をかけて愛すと誓おう！　そして白一族も我ら陽の大切な家族だ！』

『おおおっ！』

『よっ、暁光様っ！』

麗霞の手を取り、天高く掲げる暁光。

太陽のように眩しすぎる好青年は、一瞬にして白一族の心を摑んだ。

そうして追い出すどころか大歓迎。呑め喰え騒げの宴会は、三日三晩続いたのだが
——。

『ねえ、麗霞。私あの男、黙らせてもいいかしら？』

最初に痺れを切らしたのは静蘭だった。

『折角二人きりの楽しい帰省だと思ったのに。なにあの男……私の麗霞に馴れ馴れしくべたべたべたべたべたべたべたべた……私だって我慢してるのに——』

『ちょ、ちょっと静蘭さん……？』

『少し……いいえ、永遠に黙らせようかしら』

据わった目でぶつぶつ呟きながら静蘭は暁光の盃に薬を盛ろうとしていた。

従姉妹の游静蘭はなによりも麗霞を溺愛している。故に他の人間が彼女に近づこうものなら嫉妬に駆られてなにをし出すかわからない。それも、特に麗霞に言い寄る男であるなら確実に。

——このままじゃ大変なことになる。

『静蘭、帰ろう。今すぐ帰ろう！　そうしたほうがいいよ、色んな意味で！』

『放しなさい麗霞！　私はあんな男認めません！　ここでひと思いに消したほうが貴女のためになるのに！』

麗霞は親族と盛り上がる暁光を置き去りにし、静蘭を引きずって慌てて村を飛び出した。

「――というわけなんですよ」

「あともう少しだったというのに。覚えていなさい、陽暁光」

「お、弟が迷惑をかけたな……」

舌打ちする静蘭の目は一切笑っていない。

天陽は顔を引きつらせながら、申し訳なさそうに謝る。

「天陽様が謝ることではありません。まあ……その、結果的に村のみんなは楽しそうにしていたのでその点だけはよかったと思いますよ。それで天陽様は――」

「ああ――」

話を振った途端、天陽の目が重く暗く沈んでいく――。


――天陽、曰く。

『天陽さまっ、おはようございます！　朝ですよ！』

『……何故（なぜ）、其方がここにいる』

朝、寝所にいるはずのない春花に起こされた。

本来なら妃は自分の宮にいて、天帝が訪れるのを待っているはずなのに、だ。

『長老の皆さまがお許しくださいました！　夫を支えるのは妻の務めだ、と！』

屈託のない笑顔があまりにも眩しすぎた。

あの年寄りたちが彼女に色々入れ知恵している姿が目に浮かぶ。

「──なっ」

その直後、いつも通りの時間に慈燕が部屋にやってきた。

寝台。天陽の上に跨がる春花を見て固まること十数秒──。

『春花姫！　貴女様はご自分がなにをしているかわかっているのですか！　幾ら同盟国の姫君とはいえ、おいそれと嫁入り前の娘子が天帝の寝所に入り込むなど──』

当然の大目玉。こうなった慈燕は誰にも止められない──のだが。

『慈燕殿、私は陛下の妻となる者。もう姫扱いはおやめ下さい！』

『は──』

春花は背筋を正し、真剣な眼差しを慈燕に送る。

『これからは私も慈燕殿のように、公私ともに陛下を支えられる立派な妻になりたいのです。慈燕殿はいうなれば天陽さまのお母上のような存在。どんなにいびられようとも、この春花は負けませんからっ！』

『は、はあ!?』

なんと恐るべき。春花はあの慈燕を黙らせたのだ。

どれだけ天陽と慈燕が拒もうとも、春花は粘り強く、しつこく二人の後をついて回った。昼夜問わず、どこにいても、なにをしていても、彼女は自然とそこにいる。

――天陽さまっ！

あるときは、執務中。

――天陽さま。天陽さま。

またあるときは、食事中。

天陽さま天陽さま天陽さま天陽さま天陽さま天陽さま天陽さま天陽さま天陽さま天陽さま天陽さま天陽さま天陽さま――。

稽古中。謁見中。着替え中。湯浴み中。就寝中――あの笑顔と甲高い声で、執拗に天陽を追いかけ回す。


「あの声と顔が頭から離れない！　まるで悪夢だ！」

「私はとうとう幻聴まで聞こえてきましたよ……」

どうやら相当参っているようだ。天陽と慈燕は唸りながら、二人揃って頭を抱える。

「暁光はともかくとして、何故突然こんなことに――」

そう天陽が呟くと、四人ははっとして秀雅を見た。

「む。なんだ其方ら、その眼差しは」

「秀雅……其方の仕業ではあるまいな」

皇后秀雅には幾つか前科がある。

一つ、天陽のためにこれまで閉ざされていた後宮に突然四人も妃を迎えたこと。

二つ、天陽のために家臣の一人に刺客を装わせたこと。

これまで麗霞たちは幾度となく秀雅に振り回されてきた。そしてその度に後宮は混乱に包まれる羽目になる。もしかして此度も――。

「疑っているところ申し訳ないが、私は今回の一件に一切関わっていないぞ」

秀雅はきっぱり断言した。

「……本当に、関わっていないのだな」

「私はいつまでもお前の母親がわりではない。私に頼らず、少しは自分の頭で考えろ。まあしかし……面白くなりそうなことにかわりはない。暫く退屈せずにすみそうだ」

じとりと見つめる天陽を秀雅は愉快そうに笑い飛ばした。

どうやら本当に彼女は今回の件には関わっていないらしい。

「…………はあ」

つまるところ打つ手なし。麗霞と天陽の重いため息が重なった。

「これからずっとあんな毎日が続くなんて……いっそのこと、暁光様が私のことを嫌いになってくれればいいのに」

「そうだな……春花が私に興味をなくし、この婚姻が破談になれば――」

苦しげに口をつく言葉。その直後、妙な沈黙が流れた。

「……天陽様」

「麗霞……」

二人はなにか思いついたように顔を見合わせると、勢いよく窓に向かった。

空には大きな満月が浮かんでいる。

「天陽様。これだ……これですよ……」

「ああ……これしかない……！」

「おい……まさか――」

秀雅の声も聞かず、二人は確かな足取りで中庭に出た。

目の前には大きな池。今晩は風もなく、水面には大きな月が浮かんで見える。

この枢麟宮の中庭にある池――通称『月夜池』にはとある伝説が残されていた。

満月の夜。この池に飛び込んだ者は、ひと月の間、魂が入れ替わる。

そしてこの麗霞と天陽は、これまでそれを二度も経験しているのだ。

一度目は不慮の事故。二度目は他者に意図的に。そして今度は――。

「天陽様。本当にいいんですね？」

「それが得策だ。私が其方になり、其方が私になれば――」

「二人の興味は私たちから離れる！　結婚なんて御免よ！」

　麗霞と天陽はそう声を揃え、互いに手を取り合い共に池に飛び込んだ。

「あらあら、まあまあ……」

「其方らも随分逞(たくま)しくなったものだな」

　池に沈む二人の姿を、静蘭と秀雅は微笑(ほほえ)ましそうに見つめる。

「嗚呼(ああ)……もう悪夢だ……」

　最早(もはや)止める気力も無かった慈燕は、やるせなさそうに頭を抱えていた。

　ややしばらくして、二人は同時に水面にあがってきた。

「……ぷはっ！」

「大丈夫か、麗霞」

　先に陸に上がった『麗霞』が『天陽』に手を差し伸べる。

　その物言いは『麗霞』ではなく『天陽』のもの――。

「三度目ともなれば、さすがに慣れますね」

　その手を摑むのは『天陽』の手。しかし口調は麗霞そのもの。

　『麗霞』の魂は『天陽』の肉体へ。

　『天陽』の魂は『麗霞』の肉体へ。

　月夜池の奇跡により、二人の魂は入れ替わったのである。

「天陽様、この婚姻絶対に破棄させてみせましょう！」

「お互いの安寧と、後宮の平和のために」

望まぬ婚姻を阻止するために、二人は堅く握手を交わした。

三度目の入れ替わりは自らの意志で。

こうして侍女と皇帝の三度目となる入れ替わり生活が幕を開けたのであった――。

第一章

皇帝、都へ

侍女の一日は大忙しだ。

「今日も変わらず麗霞の姿はとっても可愛らしいわねえ」

「………………どうも」

早朝、側仕えとして主の静蘭のもとを訪ね挨拶を交わし、身の回りの世話をする。

とはいえ静蘭は麗霞の中身が天陽だと知っているので、二人でのんびり茶を飲むことが殆どだ。その間、静蘭から嫌というほど麗霞への愛を語られ時は過ぎる。

それが終われば、同僚に交じって西宮中の掃除に走り回る。

天陽が侍女として過ごすのもこれで三度目。侍女代行も板についてきたのだが――。

「麗霞！」

「……また懲りもせず」

大勢侍女がいるにもかかわらず、大声で手を振り現れる青年に天陽はため息をつく。

「麗霞、会いたかったぞ！」

白麗霞に婚姻を迫る人物。天陽の恋敵。自身の異母弟である暁光だ。

数ヶ月前、突如として後宮に姿を見せた暁光。政の補佐を担うとのことだが、このようにひっきりなしに現れては所構わず仕事の邪魔をしてくるのだ。

（いつも政務の手伝いもせずなにをしているかと思えば……！）

ここで油を売っていたのかと、天陽は拳を震わせていた。

「暁光様よ」「今日も素敵ね！」「麗霞様と並んだ姿が絵になるわ！」

持ち前の明るさとその美貌で、西宮の侍女たちはすっかり心を射貫かれてしまった。

毎日顔を出す弟を、侍女たちはうっとりと見つめている。正直気に食わない。

「今日もいい朝だな、麗霞！　さあ、二人で朝の鍛錬といこうではないか！」

「お断りします」

癪に障る笑顔を冷たく見上げながら、天陽はきっぱり拒否した。

今回の入れ替わりの最大の目的は『暁光に嫌われ、麗霞の婚姻を阻止する』ただその一つなのだから。

「何故だ。お前は剣を握るのが好きなのだろう。遠慮せず、思う存分体を動かしていいんだ。俺が相手になるぞ」

「お気持ちは大変有り難いですが、私には仕事があります。一日中お暇を持て余している暁光殿下とは違いますので」

いやみを含んだ物言いに暁光が僅かにむっとした。

十数年離れていたとはいえ、幼い頃は共に過ごしたこともある血を分けた弟だ。

（暁光の扱いなら多少は心得ているつもりだ）

幼い頃もよくこうしてしつこく遊びに誘われたものだ。だが、暁光は物わかりがよかった。はっきり断ればいつも身を引いてくれて——。

「なんだ。お前は俺が仕事もせず遊び歩いている不真面目な男だと思っていたのか」

「……は？」

あれ。これは想定外の反応だ。

「なんだなんだ。俺の身持ちを案じているのであれば、最初からそうだといってくれればよかったのに！」

「は……はあ？」

暁光は一人で納得したようにしきりに大きく頷いている。

なにか不味い地雷でも踏んでしまったのだろうか。

「勘違いされたままではお前も安心して嫁げないな。よし！　今日は俺の働きぶりを見せてやろう。さあ、行くぞ！」

「ちょっと待て！　一体なにをするつもりだ！」

なんの説明もなしに暁光は天陽の腕を引いた。

「私には仕事があるといっているだろう！」

「これだけ沢山の侍女がいるんだ。お前一人欠けたところで影響はないさ」

なあ？　と暁光が同意を求めると侍女たちが大きく頷いた。

侍女を味方につけた男は「な？」と眩い笑顔を向けてくる。

（暁光……いつの間に話が通じない男に成長したんだ……！）

抵抗しているはずなのだが、勝手に引きずられていく。とんだ馬鹿力だ。

このままでは完全に暁光の調子になってしまう。不味い、非常に不味い――。

「――お待ちなさい」

それを引き留めたのは静蘭だった。

「麗霞は私の側仕え。勝手に連れていかれては困ります」

「なに一日借りるだけだ。夜には帰す」

「彼女は休暇を終えたばかり。侍女としての仕事が山のようにあります」

「今日は俺の仕事を手伝ってもらうだけだ。仕事を怠けるわけではない。それに他の侍女たちが麗霞の分の仕事を代わってくれるといってくれたぞ？」

静蘭は口元こそ笑みを浮かべているものの、目は一切笑っていない。

絶対零度の攻防。見ているだけで肝が冷えそうだ。

「麗霞の主はこの私。私が善しとしなければ、勝手は許しません」

「何故そのように麗霞を縛り付ける。ああ、そうか。もしや――」

だが暁光はそんな静蘭に一切臆せず、顎を撫でながらにやりとほくそ笑む。

「もしや静蘭──いや、従姉妹殿。お前は麗霞が嫁にいき離れるのが惜しいから、この俺に嫉妬心を抱いているのだな？」

「────」

あの静蘭が固まった。

それは彼女の図星──いや、絶対に踏んではいけない地雷だ。

「──当たり前でしょう」

俯きがちに答える静蘭の手がわなわなと震えはじめた。

「麗霞は私の全て。どこの馬の骨ともしれない男に、可愛い従姉妹が嫁ぐなんて──考えただけで反吐がでる。特に貴方のような男にだけは死んでも渡せるものですか」

「ははっ、とうとう本音を露わにしたな従姉妹殿！」

顔をあげた静蘭から笑みが消えていた。

いつもの丁寧口調はどこへやら。殺気だって暁光を睨みつけている。

（まさか、帰省中ずっとこの攻防が続いていたのか!?）

「そうやって麗霞を独占し、縛り付けておくから彼女は自由な恋愛ひとつできなかったのではないか？　安心しろ、その責任はちゃあんと俺が取ってやろう」

「貴方ごときになにができるというの」

「少なくともこんな鳥籠に閉じ込めておくよりは、よっぽど幸せだろう？」

「ああ……やっぱりあの時麗霞を振り切って事を運ぶべきだったわ……」

静蘭と暁光の間に飛び交う火花。

(これは麗霞もげんなりするわけだ)

窶れていた麗霞の姿を思い出し、天陽は顔を引きつらせた。

下手に口を挟めば確実に命の保証はない。

ところが、これで折れる暁光ではなかった。

「とにかく、今日だけは麗霞は俺が連れていく！　今日は大切な仕事がある日だからな！　夜には帰る故、またな従姉妹殿！」

暁光はあろうことか天陽の手を引いて歩き出したではないか。

「お待ちなさい！　私の話はまだ終わってないわ！」

「お前の従姉妹殿はすえ恐ろしいな。今は逃げるぞ、しっかり俺に掴まれ」

その瞬間、天陽の体がふわりと浮いた。

「愛の逃避行と洒落込もうではないか！　いやあ、楽しくなってきたなあ、麗霞！」

暁光は天陽を横抱きにし、目にも留まらぬ速度で西宮を駆け抜ける。

「あとで――覚えて……――」

遠ざかっていく静蘭の姿。なんと暁光はあの游静蘭を無理矢理振り切ったのだ。

「っ……最悪だ！」

なにが悲しくて弟に姫抱きにされなければいけないのか。

天陽の悲痛な叫びは、向かい風にのまれて消えるのだった。

＊

「──これが其方の仕事か？」

「そうだ！　働く男は輝いているだろう！」

誇らしげに胸を張る暁光に天陽は呆れて素に戻っていた。

暁光に連れ出された先はなんと宮殿の外──朝陽の都『陽日』の町だった。

「おおっ、暁光様じゃないか！」

「暁光様、うちの店寄っていってよ！　おまけしておくよぉ！」

活気溢れる商店街を闊歩する暁光は次々と町人たちに声をかけられている。

この反応から察するに、常習的にここに来ているのは間違いないようだ。

「どうりで宮殿の中で姿を見ないわけだ……」

仕事を怠けて遊び歩いていたのかと、じとりと天陽は弟を見る。

「……おい、麗霞」

視線に気付いたのか、暁光が徐に振り返り怪訝そうな表情を浮かべる。

「どうしてそんなにおっかなびっくり歩いているんだ」

「別におっかなびっくりしているわけでは――っ！」

通行人の一人が天陽の肩にぶつかった。

その瞬間、天陽は飛び上がり物陰で身を丸くして隠れ出す。

「もしかしてお前……怖いのか？」

「だ、だから怖いわけではない。都に出たことがないから……ふ、不慣れなだけだ」

否。不慣れどころか、天陽は生まれてこの方、一人で宮殿の外に出たことがない。

変装もせず、護衛もつけず、こんな大勢の群衆に囲まれ歩くなんて初めての経験だったのだ。

(宮殿にも人は多いと思っていたが……)

地に伏せていた視線をゆっくりとあげる。見渡す限りの人、人、人。都はただでさえ人が多く、おまけにかなり賑わっている。

人の往来、活気ある声、周囲から漂ってくる屋台の匂い。

未知の情報が一気に天陽に襲いかかる。五感が激しく刺激され――。

「気持ち悪っ――」

結果、突然ぐっと吐き気が込み上げてきた。

口元を押さえ、顔を青ざめさせる天陽に暁光はぎょっとする。

「おい、大丈夫か!?　しっかりしろ！」

すると彼はまたも天陽を横抱きにして走り出した。

「通してくれ！　急病人だ！」

（やめてくれ……これ以上目立つのは――）

よく通る声は道を開き、町人の視線が一点に注がれる。

（だから外に出るのなんて嫌なんだ……）

天陽が外に出るのは久方振りのこと。

集まる視線と移動の揺れで、天陽の意識は急激に遠くなっていくのだった。


「――大丈夫か？」

「死ぬかと思った」

天陽が我に返ったのはそれから半刻後のこと。

二人は中心街から少し離れた茶屋で休んでいた。

「人酔いするほど都に慣れていなかったんだな」

「……田舎育ちだから」

苦し紛れな言い訳だが、実際に彼女の故郷を見た暁光は納得したようだ。

「無理をさせて悪かったな。だが、俺と一緒にいればもうそんな心配はない！」

（なぜそうなる）

相変わらず脈絡のない話に呆れていると、暁光が天陽の肩を抱き寄せた。

「これから俺と色んな場所を巡り、少しずつ外に慣れていけばいい！　新婚旅行はぱーっと派手に世界一周とでも洒落込もうではないか！」

「……はあ」

やっぱりそこに戻るのか。

麗霞のためにも異議を唱えようとしたが、生憎その元気はなかった。

「おやおや、お熱いねえ。彼女が噂の想い人かい？」

話を聞いていた茶屋の女将が微笑ましそうにやってくる。

「ああ！　俺の婚約者の白麗霞だ。とても愛いヤツだろう！」

「いいねぇ。私にもそんな若い頃があったよ。さ、お嬢ちゃん。これ、どうぞ」

差し出されたのは温かい茶とかなり大ぶりな饅頭。

「おお、いつも悪いな女将！　早速頂こう！」

暁光は嬉しそうにすぐに頬張るが、天陽の手は伸びずに戸惑っている。

「どうした？　この店の饅頭は絶品なんだ。きっと食べたら元気になるぞ」

「…………毒が」

食べられなかった。天陽がいつもなにかを食すときは必ず毒味役がいた。何者かが毒を盛っているかもしれないからだ。

「ちょっとアンタ。うちの饅頭に毒が入っているっていうのかい⁉」

「いや、その……決してそういうわけでは」

今の今まで朗らかな笑みを浮かべていた女将の目が怒りでつり上がる。

しまった、と天陽は慌てて取り繕おうとするが上手く言葉が出てこない。

(民に、どのような言葉を向ければいいのか……)

宮廷にいる人々とは全く異なる反応に戸惑い、動揺した。何故なら天陽は民と話すのは初めてだからだ。

「黙ってないでなんかいったらどうだい⁉　幾ら暁光様の知り合いだからって、私ゃ容赦しないよ！」

「あ……」

どうしてかすぐに言葉が出てこず、天陽は硬直してしまう。

「──女将、落ち着け」

そんな二人の間に立ったのは暁光だった。

彼は徐に天陽の饅頭を手に取ると、ぱかりと半分に割り、かじり付いた。

「な──」

「この店の饅頭は俺でも腹が膨れるほど大きいからな。麗霞はとてもじゃないが食べきれないだろう。嫁入り前の年頃の女子だ。己の体形を気にして『食べ過ぎは体に毒だ』とでも思ったんだろう？」

爽やかに笑いながら、暁光はもう半分の饅頭を天陽に差し出した。

「ほら。半分なら罪悪感も薄れるだろ？　だが、それも気にならないほどこの店の饅頭は絶品だ。きっとお前も虜になるぞ。ささ、食べてみろ」

「……あ、ありがとう」

呆気にとられながら天陽は饅頭を受け取った。

暁光は女将をなだめ、同時に毒味役をこなしたのだ。

（庶民の食べ物なんてはじめてだ）

蒸したての饅頭はとても熱かった。

小刻みに手を持ち替えながら、恐る恐る一口かじる。ほのかな生地の甘さと、ごま風味の餡の甘さが口いっぱいに広がる。まさに絶品だ。

「――美味しい」

天陽の目が輝き、自然と頰が綻ぶ。

「こんなに温かく、美味しい物ははじめて食べた」

宮廷では決して食べられない。生まれてはじめての経験に食べる手が止まらない。

「な、俺がいったとおり美味いだろう？」

夢中で饅頭を食べる天陽を見て暁光は嬉しそうに笑った。

「まったく……そんな細っこいくせに体形なんか気にしてんじゃないよ。ほら、どんどんお食べ。おかわりは沢山あるから」

天陽の食べっぷりに気をよくしたのか、女将も機嫌をなおしてくれたようだ。

「……助かった」

二人きりになった隙に天陽はぽつりと礼を述べた。

すると暁光は急に真面目な表情で天陽を見つめてきた。

(知人に無礼な態度を取る者など、嫌悪して当然か)

少し心苦しくはあるが、これで暁光が自分を見損なったのなら計画は成功だろう、と自嘲していると暁光に手を握られた。

「――お前も毒を盛られたことがあるのか？」

「……え？」

予想だにしない言葉に天陽は目を丸くする。

「無理に話さなくていい。兄上もよく命を狙われていた。お前も複雑な出生だ。そういう経験があっても不思議じゃない」

でも、と暁光は天陽の肩を抱き寄せさらに続けた。

「俺が傍にいれば大丈夫だ。何人たりともお前を傷付けることは許さない」

自分と同じ金色の瞳に射貫かれる。

暁光はなにより明るく、人に好かれやすい。そして先程のような窮地に陥ってもさらりと切り抜ける適応力。同じ血を分けた兄弟だというのにこうも違うのかと、思わず自信をなくしてしまいそうになる。

（……麗霞は嫌がっているが、暁光のような男こそ麗霞にふさわしいのではないか）

彼の麗霞に対する想いは本物だ。天陽も麗霞に想いを寄せる男の一人だから、それはわかる。

万が一自分と結ばれたところで、麗霞はずっと宮廷という鳥籠の中だ。それなら暁光と結ばれ、自由に外を駆け回れたほうが彼女にとって幸せなのではないか——。

「暁光、私は……」

「そんなに気に病まずとも大丈夫だ。女将もわかってくれる」

俯き考えを巡らす天陽の顎を、暁光がすくいあげた。

「……麗霞」

見つめ合い、不自然な沈黙。

ん？　なんだこの妙な空気は。

「突然騒いだり、しおらしく落ち込んだり。お前ほど見ていて飽きない女もいない。本当に愛いヤツだ……」

（いやいやいやいやいやいやいやいやいやいやいや！）

何故目を閉じる。何故顔を近づける!?

今のやりとりのどこにそんなに気に入られる要素があった!?

いや、まず第一に。体は麗霞とはいえ中身は天陽だぞ!? 麗霞に接吻など私だってしたことないのに！ いや、そうじゃなくて。自分の弟と接吻など考えただけで背筋が凍る！

（冗談じゃない！）

急展開に天陽は慌てて逃げようとするが、頭の後ろをがっちり手で押さえられて身動きが取れない。

「接吻するときは目を閉じろ」

（誰が閉じるか！ ええい、この馬鹿力め！）

抵抗虚しく、唇が重なろうとしていた――。

「なにすんだい、このドロボーッ!!」

その刹那、けたたましい女将の叫び声が轟いた。

「なんだ!?」

二人は反射的に声がした方を見る。すると目の前をざっと凄まじい速さで黒い固まりが通り抜けた。

「盗人だ！　饅頭と、店の金盗まれちまった！」

その直後、女将が店を飛び出してくる。

眼前を過ぎたものが盗人だと理解するころには、その姿は既に遠ざかっていた。

「女将、俺に任せておけ。麗霞はここで待って――」

「なにをボサッとしている。盗みは宮廷では御法度だ、早く捕まえるぞ！」

暁光が動くよりも早く天陽は盗人を追いかけ、駆けていた。

（体が軽い！）

さすが麗霞の体だ。足が軽い。風を切るのが気持ちがいい。

「善い！　それでこそ俺の妻だ！」

感慨にふけっていると、いつの間にか暁光も隣で走っていた。それもとても上機嫌に。

「そうだな。女は男に守られるなど古い考えだった。共に手を取り合い、互いを支え合うのがこれからの世よ！　いいぞ麗霞。やはりお前こそ俺の妻に相応しい！」

「い、いや待て……私はそんなつもりでは――」

「いいだろう、麗霞！　共に盗人を捕まえよう！」

（やってしまった……）

咄嗟の行動が全て裏目に出てしまった。

これでは嫌われるどころか、更に気に入られてしまったではないか。

(あああっ、しまった!)

頭をむしゃくしゃと掻きむしり叫び出したいところだが、今はそれどころではない。

遠ざかっていく盗人に追いつくべく、二人はさらに速度を上げていく。

「っ、速い! ちょこまかと……」

しかし、これがまた容易に追いつくことが敵わない。

相手は小柄。おまけに都の道は複雑に入り組んでおり、盗人は小道や裏路地を巧みに使い、天陽たちを撒こうと必死になっている。

「くそっ、狭い! 動きづらいにもほどがある!」

苛立たしげに声を荒らげる暁光。

さすがの彼も、裏路地までは把握しきれていないらしい。先程から、道に置かれている樽や木箱に体をぶつけ、盗人との距離は遠ざかっていくばかりだ。

「このままでは撒かれてしまうぞ!」

「ああ、もうちょこまかと面倒だな! 麗霞、頭を下げろ!」

「え――」

暁光は足元にあった木箱を掴むと、盗人目がけて思い切り投げつけたではないか。

「――ぎゃっ!」

空高く弧を描いたそれは、盗人の背中を見事に直撃。

裏路地の少し広まった中ほどで、盗人はべしゃりと顔面から倒れ込んだ。

「盗人め、観念して盗品を返せ――」

先に追いついた天陽は地に伏せた盗人を起こし、固まった。

「おい、どうし」

「其方……まだ、子供じゃないか」

目深に被っていた外套を剝がせば、露わになったのは十歳ほどの少年。転んだ拍子に顔面を強打したのか、鼻血を流しながら気を失っている。

「…………っ！　放せ！」

つかの間。少年はぱちりと目を開けた。

視界に天陽を捉えると全力で突き飛ばし、饅頭と金が入った小袋を抱えて走り去ろうとする。

「逃げられると思うなよ？」

「なっ」

しかし、いつの間にか暁光が後ろに先回りしていたのだ。

「よぉ、ガキンチョ。楽しい鬼ごっこだったなあ？」

「わっ、わわっ！　このデカブツ！　放せよっ！」

晩光に首根っこを掴み上げられ少年は宙に浮いた足をばたばたと動かし抵抗する。

「饅頭数個と少しの金ぐらいいいだろっ!? 放せって!」

「何故こんなことを……」

「うるせえ、おまえら金持ちにはオレらの苦しみなんてわからねえだろっ!」

呆然とする天陽を少年はきっと睨んだ。

天陽はわからなかった。何故こんな子供が盗みに手を染めなければならないのか。

「都の光が強ければ、闇は深いってことだよ」

代わりに答えた暁光がちらと周囲を見回す。

大通りを外れた裏路地は日の光が届かずどんよりと重苦しい。そしてよく見ると浮浪者が闇に溶け込むように、痩せ細った腕をだらんと伸ばして座りこみながらこちらをじっと見つめている。そういえば、道中も同じような人影を幾つも見た。暁光が足を取られないようにしていたのは——。

「しかし、陽日は朝陽で最も豊かな場所のはずで……」

「はんっ、そんなの一部に決まってらあ! いい思いをしてるのは金持ちやお貴族様。どうせ天帝様はオレら貧乏人のことなんて眼中にも入れていないんだろうよ!」

「そんな……はずは……」

頭を殴られたような衝撃を受けた。

朝陽の国に貧富の差があることは天陽とて知っている。だが、都に関しては話は別。天陽は都に盗賊や浮浪者が溢れているなどという報告を一度も受けていなかった。都は明るく賑やかで、豊かで、いつも民が明るく幸せに暮らせていると――そう聞いていたからだ。

「ガキンチョ。威勢がいいのは結構だが、駄目なものは駄目だ。お前は捕吏に突き出して……」

「や、やめて――」

その瞬間、少年の顔からさっと血の気が引いた。

「それだけはやめてください！　しくじったのがバレたら、みんなが……」

もがき、暁光の手から解放された少年はがくがくと震えながら跪いた。先程の威勢の良さが嘘(うそ)のように怯(おび)えきった姿に二人は戸惑う。

「待て、暁光。彼の話を……」

「麗霞――」

暁光の視線がはっと天陽の背後に向いた。その瞬間、天陽の首に回される太い腕。

「……ぐうっ!?」

いつの間にか背後を取られていたことに気付かなかった。

そのまま首を締め上げられ、爪先が宙に浮いた。

「よお、よくやったなあ……シュウ」

「だ、旦那……」

天陽を捕らえたのは柄の悪い屈強な男。その取り巻きが数名、にやにやといやらしく笑いながらぞろぞろと集まってくる。どうやら少年の知り合いのようだ。

「な、なんだ其方ら……」

「こんな上玉誘い込むなんて、上出来じゃねえか。身売りすれば良い値がつくぜ?」

するり。男の無骨な手が天陽の体をいやらしく撫でる。

「……っ!?」

ぶわりと鳥肌が立ち、信じられないというような形相で天陽は男を睨んだ。

(気色悪い! というか、この体を誰のものだと思っている!)

「お前さんら、なにモンだ?」

「可哀想(かわいそう)なソイツに優しい俺が仕事を斡旋(あっせん)してやってんだよ。なあ?」

話を振られた少年は震えながらこくりと頷いた。

「っ、お前がこの少年に盗みを働かせたのか!? 罪のない子供を道具のように扱うなど……恥を知れ!」

天陽がそう叫んだ瞬間、男たちはげらげらと笑った。

「随分と温室育ちなお嬢様だ。こんな貧乏人のガキは今日喰う物にも困ってんだ。

ちゃんと働いて稼がねえと、家で待ってる家族が死んじまうからなあ？」

「ガキンチョ。お前、家族を人質に取られていたのか」

「オ、オレが働かないと、ちゃんとしないとみんな危ない目にあうって!!」

暁光がそう尋ねれば、少年は涙を流しながらも言葉をもらす。

（このゲスが……！）

頭に血が上った天陽は抵抗を見せるが、男の力に敵わず拘束は緩まない。

「そんなにあのガキに同情するなら、同じところに売り渡してやるよ。きっとお嬢様が知らない世界を存分に見られることだろうよ」

ぐへへ、といやらしく笑いながら男は天陽の頬を撫でた。

「触るな無礼者！」

「へへっ、聞いたか!?　『無礼者！』だってよ！　一体どこの箱入りお嬢様なんだか。

その威勢の良さがいつまで持つか見物だなあ!?」

ああ、今すぐにでも殴ってやりたい。せめて男の体であれば――！

「お楽しみのとこ申し訳ないんだが……俺のこと、忘れてないか？」

暁光が頭をかきながら、男たちに声をかける。

「なんだ、兄ちゃんまだいたのか。痛い目みねえうちに逃げるのが得策だぜ？」

「それがなんだ。いいから早く麗霞を放せ」

「こっちは人質もいるし武器もある。とてもじゃないが敵わないだろう？」

男たちは暁光の話に聞く耳を持たなかった。取り巻きたちの手には武器が握られており、暁光を脅すようにげらげらと笑っている。

「ふぅん、それがどうした？」

それを一切気にすることなく、暁光は鼻で笑い飛ばす。ぎろりと殺気を放てば、男たちははじめてひっと怖気づき、天陽を捕らえる腕に力を込めた。

「ぐっ……」

「おい！　この女がどうなってもいいのか!?　大人しく俺たちのいうことをきいて──」

「誰の許可を得て、俺の女に触っている」

「──へ」

音も無く、暁光は天陽を捕らえる男の腕を摑んでいた。

次の瞬間、男の手を捻りあげ思い切り地面に投げ飛ばす。

「……がっ！」

「消え失せるのはお前らのほうだ」

「て、てめえ……っ！」

暁光は男が持っていた武器を取り、仰向けに倒れた男の首筋に突きつける。

（強い……！）

「テメエら、やっちまえ！」

男の命令で、取り巻きたちは一斉に武器を構え暁光を取り囲む。

そして暁光は天陽の腕を引き寄せ、自分の背中に隠した。

「麗霞、俺の傍から離れるな。大丈夫、俺が守ってみせる」

力強い言葉だった。

普通の女子なら逞しいこの男と恋に落ちるだろう。

だが、白麗霞ならどうするだろうか。

そして、兄として弟に守られっぱなしというのはいかがなものか。

「……私を侮るな」

足元に転がった武器を拾うと天陽は暁光の隣に立った。

武芸はからっきしだったが、半年前の一件から天陽は地道に鍛錬を続けていた。

この体の持ち主ほどではない。暁光にも遠く及ばない。

だが、自分の身は自分で守れるくらいには強くなった。

「私だって戦える」

剣を構えた天陽に、暁光は一瞬呆気にとられたものの嬉しそうに笑った。

「最高だ！　それでこそ俺が惚れた女、白麗霞だ！　善い、善い！　共に戦おう！」

天陽の言葉に気を良くした暁光は上機嫌で襲いかかる悪党たちを倒していく。

その様はまさに鬼神。天陽の出る幕はなかった。

「……くらえ！」

楽しそうな弟を呆れ気味に見つめていると、背後から風を切る音がした。

振り向けば親玉が天陽に向かって剣を振りかぶっていた。

あまりにも大ぶり。天陽は小さく息をついて、柄で男の腹を思い切り突いた。

「か弱い女から狙うなど、とことん性根が腐っているんだな」

無様に倒れた男を見下ろし、天陽は冷たく笑いながら武器を振りかぶる。

「ちょっ、待て。話を――」

「痴れ者がっ！　よくもこの体をべたべたと触ってくれたな！」

これは嫁入り前の麗霞の体だぞ！　と天陽は渾身の力を込めて、男を殴った。

その気迫に気圧された取り巻きたちはへなへなとその場に座り込む。

「いいか。これに懲りたら二度と罪のない子供たちを悪事に引き込むな。そのときは
……私は貴様を容赦なく処罰する」

「……す、すみませんでした」「逃げるぞ！」

暁光が倒した取り巻きたちも、足や腕が折れているらしい。

満身創痍になりながら伸びてしまった親玉を引きずってそそくさと逃げていった。

「危ないところだったな暁光――」

　一息つこうとしたとき、天陽の手を暁光が握りしめた。

「最高だ！　最高だったぞ、麗霞！」

「は、はあ？」

「俺は妻にするなら背中を預けられるほど強い者がよかったんだ！　まさに……まさにお前は俺の理想の女だ、麗霞！」

（しまっ……た……）

　そこでようやく天陽は自分がしたことを思い出した。

　今回の作戦は、麗霞と入れ替わり暁光に嫌われ婚姻をなかったことにすること。

　しかし今のは全くの逆効果。嫌われるどころか好かれているじゃないか。

　じゃああの敵に捕まったまま「キャータスケテー」などと大根演技をすればよかったのか……とも思うが、想像しただけで鳥肌がたった。

「いや、あの……今のは、たまたまで、私は本当は剣なんか握りたくない……」

「隠さなくていい！　俺は強い女が好きだ！　一層早く、お前を娶りたくなった！」

（いやだああああああああああっ！）

　なにが悲しくて自分の弟に熱烈に求愛されるのか。気味が悪くて鳥肌が止まらない。

　接吻する勢いで抱きしめてくる暁光の胸を全力で押し返す攻防が続く。

「……あの」

そこに救世主が現れた。先程の少年だ。

「助けてくれて、ありがとう。これ……ちゃんと返す」

申し訳なさそうに少年は先程茶屋から盗んだ小袋を差し出した。

「おとうが五年前の戦で死んで、おっかあが病気になった。だからオレが弟や妹たちを守らなきゃいけなかったから……」

ぽろぽろと涙を流す少年の頭に大きな暁光の手が乗せられる。

「それは自分で返しな」

「私たちに礼をいう前に、まずは女将に謝りにいこう」

「え……？」

そうして二人は少年を連れ、茶屋に戻るのであった。

＊

「ごめんなさい」

「……全く、盗みなんてするもんじゃないよ！」

深々と頭を下げる少年に、女将は呆れながら苦言を零した。

それでも商品と金が戻ってきたなら、と少年を捕史に突き出すのはやめたらしい。

これで一件落着。と思ったが、暁光はなにか思いついたように女将を見た。

「なあ、女将。このガキンチョ、店で雇うってのはどうだい？」

「は？」

突然の申し出に三人の目が点になった。

「ほら、盗んで謝ってお咎めナシってのもアレだろ。迷惑料は働いて返すってのは」

「いや……そういわれてもねえ」

戸惑う女将に、暁光は少年の両肩に手を置きずずいと前に押しやる。

「このガキンチョ、足が速いんだ。出前でもさせれば、さらにがっぽがっぽ稼げるとは思わねえか？」

「……確かに」

一理ある、と女将は頷きながら少年を見た。

彼は不安げながらも「頑張ります」と決意を込めたように頷いた。

「旦那がいうなら仕方ないね。ウチは厳しいよ？」

「……頑張ります！」

背筋を正し女将を見上げる少年の目には輝きが戻っていた。

悪の道に進みかけていた少年は、職を得、こうして光の道に戻ることができたのだ。

「……女将。先程は私も失礼なことをいってしまった。非礼を詫びる」

「いやいや、いいんだよ！　私もいきなり喰ってかかって悪かったね」

おずおずと謝る天陽に、女将はけらけらと笑った。

「饅頭、とても美味しかった。よかったら買ってもいいだろうか。仕事仲間は皆、甘い物が好きで……喜ぶと思うから」

「お、それはいい案だ！　俺も兄上への土産にしよう！」

金が入った袋をそっと差し出すと、女将はぎょっと目を見開いた。

「こ、こんなにかい!?　それなら今から作らないとね、ちょっとアンタ手伝いな！」

いきなりの大量注文に女将は唖然としながらも、シュウを店の中に引きずって入っていった。

こうして都での長くも短い一日が終わろうとしていた。

＊

「結局こんな時間になってしまった。静蘭に大目玉だ」

「ははっ、その時は俺が一緒に怒られてやろう！」

結局二人が帰る頃にはすっかり日が暮れていた。

両手には大量の饅頭。宮殿を抜け出したことがうっかり慈燕に知られでもすれば余計恐ろしい。

「麗霞、楽しかったか？」

「……まあ、悪くなかったよ」

振り返り、都を見る。

こうやって町を見たのははじめてだが、とても楽しかった。

「知らないことばかりだ。実際目で見なければわからないこともあるのだな」

そうして天陽は暁光を見る。

「暁光が都に繰り出していた理由はこれか？」

「そうだ。兄上は宮殿からは出られない。その代わりに自由に動き回れる俺が、この目で外を視察してその現状を兄上に伝えるんだ」

両手を広げ、楽しそうに笑う暁光の目は輝いていた。

「……確かに素晴らしい仕事だった」

「だろう!?　俺に惚れ直しただろう！」

「暇を持て余しているといってしまって悪かった」

暁光に謝りながら、天陽は自分を恥じた。

宮殿に閉じ籠もり、謁見者や側近の言葉のみを鵜呑みにし、今まで外のことを、民のことを知ろうともしなかった自分を。

「兄上はよくやっているよ、だが、外を見ているのは俺の方が上だ。机の上だけを見ていても政は務まらない」

「そうだな……そのとおりだ。百聞は一見にしかず、それが身に染みてわかったよ」

暁光の真っ直ぐすぎる視線を受け止め切れず、天陽はそっと目をそらす。

快活で、民に好かれ、無鉄砲かと思えばしっかりと国の情勢を把握している。

宮殿に籠もり、気弱で根暗な自分と、暁光はあまりにも正反対の弟――これではまるで、どちらが皇帝かわからない。

「――暁光は天帝になりたいのか？」

だから思わず、そう聞いてしまった。

「そう……だな。これは心に秘めておこうと思ったんだが。麗霞。お前にだけは俺の素直な気持ちを伝えておこう」

足を止めた暁光は、天陽の肩に両手を置き、真っ直ぐに見つめてきた。

太陽のように輝く金色の瞳から目が離せなかった。

「俺は天帝になりたい」

歯を見せて笑いながら、暁光ははっきりそういった。

「そ、それは……下剋上、という……ことか？」

「まあ端から見ればそうなるだろうが……きっと兄上なら理解してくださる」

その言葉に一切の迷いはなかった。

「俺は立派な天帝になってみせる！　そして……兄上との約束を果たすんだ」

（私との……約束……？）

「俺が天帝になった暁には、お前は皇后として俺の隣に立つんだ。麗霞！」

純粋な下剋上宣言。

婚姻を退けるどころか、天陽は弟が抱く思わぬ企み（たくら）を知ってしまうのであった。

第二章

侍女、女子会

「おはようございます、朝ですよ」

慈燕によって天蓋が開けられ、差し込む朝日に麗霞は目を細めた。

まだ眠そうに目を擦る麗霞の横で慈燕はテキパキと準備を整えている。

「なんかいつもより早くありません……？」

「早く身支度を。さもないと大変なことになるぞ」

「え、今日なにか予定がありましたっけ——」

「天陽さまっ！」

その瞬間、けたたましい音を立てて部屋の扉が開いた。

現れたのは花のように可憐な少女。そのまま飛びついてきて、麗霞は寝台に倒れ込んだ。

「おはようございますっ、天陽さまっ！　もうっ、既にお目覚めになっておられるなんて……朝に夫を起こすのは妻の務めだというのに！」

「え……え？　は……？」

彼女の勢いに、寝起きの麗霞は頭が回らない。

するとと慈燕のやけに大きな咳払いが響いた。

「おはようございます、春花姫。まだ正式に婚姻が決まったわけではありませんので、嫁入り前の姫君が殿方の寝込みを襲うなどはしたないですよ」

「もうっ、慈燕殿は小舅のように口うるさいんだからっ！　私と陛下は固い愛で結ばれているのですから、邪魔しないでいただけますか!?」

「天陽さまのお側に仕えるのが私の仕事。陛下をお一人になどできません」

春花を見据える慈燕の目は限りなく冷たい。けれど彼女はそれをものともせず、麗霞にぴったりくっついて離れようとしない。

「あまり過保護すぎると嫌われてしまいますよ？」

「受け止め切れないほどの重すぎる愛は、相手を困らせるだけですよ」

「あら、そんなことはありませんわ。だって私たちは愛しあっておりますもの！」

「冗談はそこまでにして、お早く陛下から離れて下さい」

（……ようやく静蘭と暁光様から解放されたと思ったのに！）

二人の間に飛び交う火花に麗霞は心の中で涙を流した。

「天陽さまからもなにかいってください！　愛する春花と二人きりにしてくれ、と！」

「え、ええと……姫」

「まあっ！　姫、だなんてよそよそしいっ。いつものように『春花』と呼んでくださいませ！」

涙目で見上げられる。笑顔になったり泣いたり、表情がころころ変わっていく。

どうしよう。ぶっちゃけこの子苦手かもしれない。それに慈燕さんの圧が怖い。

「……あー。ええと、春花。さすがに、ここにくるのは後宮の規則的にマズいんじゃ」

天帝(てんてい)は基本、妃のもとを訪ねない場合は一人で眠る。

ここは基本女人禁制。皇后ですら訪れたことはないはずだ。

「だって天陽さまが一向にお顔を見せてくれないからじゃないですか！　私たち、結婚を誓いあった仲でしょう!?」

「はあっ!?」

爆弾発言に麗霞は思わず声を上げた。

ちらりと慈燕を見ると『あ、忘れてた』とでもいわんばかりに、すっと視線をそらされた。

「結婚を誓いあったって……どういう……」

「幼き頃、天陽さまたちが春明(しゅんめい)に遊びに来た際に、将来私を迎えにくると約束してくださったではありませんか。だから私はずっと貴方さまを待ち焦がれながら、花嫁修業を今まで頑張ってきたのですよ⁉」

「なっ……」

自分の頭に血が上っていくのがわかる。

再び慈燕に視線を送ると『私は知らない』と小さく肩を竦めているではないか。

(あの人たらし！)

麗霞は心の中で思いっきり叫び、拳を握りしめた。

結局は自分が蒔いた種じゃないか！　忘れた約束の尻拭いを私にさせるなんて！

(あのヘタレ天帝……元に戻ったら今度こそ一回ひっぱたいてやるっ！)

＊

「――で、どう思います⁉」

勢いよく麗霞が机を叩けば、茶器ががちゃんと揺れた。

枢麟宮で開かれた緊急茶会。そこには皇后秀雅を含め、四人の妃が集まっていた。

彼女たちは天陽と麗霞が入れ替わっていることを知っている。そのため、麗霞は気の知れた仲である彼女たちに意見を求めにやってきたわけだ。つまるところ女子会である。

「慈燕さんを問い詰めたら『一応、本人は身に覚えがないといっておられましたよ』って素っ気なく！　いつもいつも聞いてないことばっかりで！　おまけに春花姫は四六時中付き纏ってくるから、入れ替わりがバレないように必死で、本人に話を聞きにいけないし！」

まるで酒でも呑んでいるかのように、力一杯愚痴を零した麗霞はそのまま机に突っ伏した。

「まあ、暁明(ぎょうめい)ならば約束のひとつやふたつ忘れていてもおかしくないだろうな」

ぼんやりしている男だからな、と秀雅がからりと笑った。

「私たちというものがありながら、抜け駆けなんていい度胸じゃない？　春花ってお姫様もどうかと思うけど、はっきり断らない天陽様も天陽様よ。きっぱり断ってさっさと追い返せばいいじゃない」

南凰宮(なんおうぐう)の妃、桜凜(おうりん)が不愉快そうに茶菓子をかじる。

「春明と朝陽(ちょうよう)は同盟国。おまけに、形式上は春花姫は来賓で無下にはできない。下手をうてば国同士の問題になりかねないから慈燕さんも困り果てているようで……」

「追い返せないなら、自分から帰りたいと思ってくれればいいわけね」

お金に物をいわせれば？　なんて桜凜が冗談を零す。

「――それなら嫉妬心を抱かせればいいのでは」

顎に手を当て、思案顔をしていた東龍宮（とうりゅうぐう）の妃、雹月（ひょうげつ）がぽつりと呟いた。

「天帝が私たちに夢中になっているとしれば、春花姫は天陽様を嫌いになるのでは？」

「ああ……確かに。話を聞いている限りだと、姫は同担拒否って感じだし」

女子たちは茶を楽しみながらひそひそと話し込んでいる。

「それなら、私たちで麗霞……いえ。天帝を独占してしまうのはどうかしら？」

ここでようやく西獅宮（せいしぐう）の妃——麗霞の主である静蘭が口を開いた。

その一言で、全員の視線が麗霞に注がれる。

「え……突然どうしたの……」

穴が開くほど見つめられ、麗霞は思わず身を引く。

「……嗚呼、成る程。そういうことか。それはお互いのためになるかもしれぬな」

「そうね、天陽様に灸（きゅう）を据えるには丁度いいかも」

「麗霞は陛下お一人のものではないのだから」

秀雅、桜凜、雹月の順に口々とひとりごつ。

「……え、ちょっと？　みんな顔が怖いんですけど」

雲行きが怪しい。なんだかとても嫌な予感がする。

本能が今すぐここから離れろと促してくる。慌てて立ち上がろうとした麗霞の手を摑んだのは静蘭だった。

「話はまだ終わっていないわ。いいからお座りなさい、麗霞」

有無をいわさず椅子に引き戻される。口元はにこにこしているのに、笑っていない目のなんと恐ろしいことか。

「要するに、貴女は春花姫の付き纏いから逃れたいのでしょう？」

「え……まあ、そう、だね……」

「それなら、これから毎日私たちと過ごせばいいのよ。そうすれば春花姫は手出しはできないし……同時に、天陽様に発破をかけることだってできるわ」

「な、なんでそこで天陽様の名前が……？」

今問題視しているのは春花姫のことなのに、と麗霞が顔を引きつらせると妃たちが一斉に静蘭を見た。

「なに、この子。あれだけ言い寄られているのに本気で気付いてないわけ？」

「……恋愛事に疎い私ですら気付いているというのに」

「白(はく)麗霞、そういうところが本当に気に食わないわ」

桜凜、雹月だけでなく秀雅の侍女——元妃の鈴玉(りんぎょく)すらも会話に入ってきた。

そしてあろうことか、全員揃って大きなため息をついてくる。

「なんか一周回って悲しくなってきたわ」

「これは由々しき事態。私たちが立ち上がらねばなりませんね」

妃たちが一致団結しているが、麗霞にはなにが起きているかさっぱりわからない。

「あの、ごめんなさい。これは一体どういう……」

「みんなで麗霞に協力するってことよ。だって……私たちはみんな天帝のことがだぁい好きだから」

麗霞を見上げる静蘭の微笑みはとても恐ろしいものだった。

はっとすると、他の妃たちもずずいと麗霞に詰め寄ってきている。

「いや、あのなんか協力の意味が違うような気が……」

「うふふ、夜は長いわよ？　楽しい楽しい夜にしましょうね？」

「た、助けて下さい秀雅様っ！」

「夫婦仲がよいことは実に好ましいことだろう。愉快愉快」

そんな光景を見ながら、秀雅は一人愉快だと笑う。

「いやだあああああああああああっ！」

妃たちに壁に追い込まれた麗霞の悲痛な叫びが響くのであった。

＊

「陛下、一体どういうことですか！」

「春花姫様と一度も夜をお過ごしになっていないとか」

「はるばる春明の地よりおいでくださった姫を無下に扱うなんて！」

「ご自分のお立場がおわかりですか!?」

あれから一週間が経とうとしていた。

毎朝行われる臣下との謁見の時間。麗霞が玉座に座るなり、長老四人衆が詰め寄ってきた。

「陛下は昨晩は静蘭様とお過ごしになりました。一昨日は桜凜様、その前は雹月様と」

「そういうことだ。私は日々、妃たちと逢瀬を交わすので忙しく、春花姫に割く時間はない、ということだ」

慈燕と麗霞が淡々と長老たちに報告するも、そこで折れるほど彼らは長く生きてはいない。

「これまで逢瀬など滅多にされておりませんでしたが、どういう心境の変化で？」

（うん！　やっぱりすごく怪しまれてる！）

じとりと麗霞を見上げる長老の目は訝しげだ。

どうしたものかと、麗霞が慈燕に助け船を求めれば彼はごほんと咳払いをひとつ。

「陛下もお気持ちを入れ替えられたようです。その証拠に、陛下が逢瀬を交わした翌日はどの妃様も遅くまで寝込んでいるとのことですよ」

　慈燕が笑みを張りつける。

　それでも納得いかない長老たちは、麗霞の顔をまじまじと見つめた。

「……確かに、陛下もどことなくお疲れのようで」

「もちろんです。一晩中励んでおられれば、疲れるのも当然でしょう」

（なんかいちいち曲解されるような言い回しだなあ!?）

　慈燕の返答で、彼らに色々誤解されているような気がしてならない。

　だが、実際のところ麗霞は物凄く疲れていた。

　目の下にはクマができ、できることなら今すぐにでも布団に入りたいくらいには。

「夫婦仲が良いことはよきことでしょう？　長老様方がなによりも望んでいたことではありませんか」

　満面の笑みで攻撃を畳みかける慈燕に、ようやく長老たちがぐぬぬと引き下がる。

「励んでおられるならなによりですが……姫のこともゆめゆめお忘れなきよう」

「妃たちの中でもっとも家柄がよいのは春明国の姫君であられる春花様なのですから」

「そのために我々は春花姫を招いたのですよ」

「ご自身の立場をゆめゆめお忘れなきよう……」

長老たちの口元がにやける。悪意と嫌みが籠もった言葉はわかりやすい。

彼らは現在の状況をよしとしていない。それもそうだ、長年王家に仕えてきた彼らが、元々操り人形だったはずの天陽を皇后や妃のせいで制御できないようになっているのだから。

「さっきから好き勝手いってるけれど……」

三度目の入れ替わり。この程度で慌てふためく麗霞ではない。

「あくまでも姫は大切な客人。正式に婚姻が決まったわけではない。そもそも――」

肘掛けを握りしめ、麗霞は長老たちを睨みつける。

「私の大切な妃たちを愚弄するな。立場を弁(わきま)えよ」

「これはこれは、失礼致しました……」

長老たちはとってつけたような拱手(きょうしゅ)の礼をしそそくさと去って行った。

扉が閉まり、足音が遠ざかっていく。そして心の中で、ひとつ、ふたつと数を数え――。

「だあああー……もう、私あの人たち苦手ですよぉ……」

緊張感が去り、麗霞は思わず玉座に背をもたせかけずりずりと姿勢を崩す。

「気持ちはわかるが油断はするな。それより、どうしてそんなに窶れている」

「え、知ってて話を合わせてくれたんじゃないんですか!?」

「知るわけないだろ。『私と麗霞の時間を邪魔するな！』と全員に門前払いされたのだから」

呆れ顔の慈燕。それでも、彼がいうとおりにしているということは、彼もあの妃たちに信頼を置いているということの表れだろう。

「この一週間、本当にろくに寝てないからですよ」

大きな欠伸(あくび)をこぼす麗霞に慈燕はぎょっとする。

「寝てないってまさか――」

「あー……違います違います。そういうことは一切してません」

全力で手を振りながら、麗霞は目に滲(にじ)む涙を拭った。

「ただ女子会が盛り上がりすぎただけですよ」

「――女子会？」

呆気にとられる慈燕に、麗霞はことの経緯を話すのだった。


初日――東龍宮、雹月。

「麗霞！　私はまた貴女と手合わせできる日を心待ちにしていた！」

空に瞬く星のように、雹月の目が輝いていた。

武家出身の彼女は三度の飯よりも剣術を好む。

麗霞が彼女と友好を深めるきっかけとなったのもまた剣術だった。それ故、天陽と入れ替わるたびに麗霞はこうして雹月と剣を交えていたのだ。

「っ、また腕を上げましたね、雹月様！」

「ふふ……最近は天陽様とも手あわせをしているからな！」

ぶつかりあう剣の音。

麗霞も体を動かすことが好きなため、妃の中で雹月とは特にウマがあっていた。

「えっ、天陽様も剣術を？」

「ええ。どこかの誰かに焚き付けられたそうだ。守られるだけではなく、守れるほど強くなりたい――と！」

ぎんっ、と剣が弾かれる。

「私にはまだまだ敵わないけれど」

雹月の含みがある笑みが気になるが、確かに天陽の体は最初に入れ替わった頃よりも随分と筋力がついていた。いわゆるやせ型――ではなく、程よく筋肉がついたいい体になってきている。

（確かに雹月様のいうとおりだ。体が軽い）

驚きながら麗霞は手を見つめた。

剣が手に馴染んでいる。思い通りに体が動いてくれる。それは天陽自身が日々研鑽を積んでいる紛れもない証。

「天陽様も頑張っているなら、私もますます励まないといけませんね！」

押し合いしつつ、先に雹月の体勢を崩したのは麗霞だった。

体勢が崩れた隙を突き、雹月の剣を落とす。そして丸腰になった彼女の首に切っ先を向け、にんまりと笑った。

「これで、十勝九敗——私の勝ち越しですね」

「ふふ……麗霞は本当に負けず嫌いだな」

「雹月様だってそうではないですか」

尻餅をつく雹月に手を差し出せば、彼女はそれを掴み立ち上がる。

弓張り月が昇る中庭で、二人は休憩を取りながら語り合う。

「麗霞は天陽様と打ちあったことはあるのか？」

「いいえ。天陽様とお会いするのは入れ替わったときくらいですから」

でも一度手合わせしてみたいですね、なんてと冗談めかして麗霞は笑う。

「できるでしょう。貴女が望めばすぐにでも」

「いやいや！　侍女の私が天帝に剣の勝負なんて恐れ多すぎますよ！」

「……本当に貴女にその気がないのなら、私が奪ってしまうよ？」

「奪うもなにも、雹月様は既に天陽様のお妃様じゃないですか」

苦笑を浮かべる麗霞に、雹月は納得いかないというように眉間に皺を寄せる。

「麗霞、貴女は……」

「さっ、まだまだ夜は長いですよ！　もう一戦やりましょう！」

麗霞が話をそらすように剣をとれば、雹月は仕方がないと再び向きあう。

「もちろんです。私たちは剣で語らった方が通じあえるだろうから。貴女の想いをすべて聞くまで帰さないよ」

こうして二人は夜明けまで剣を重ねあわせるのだった。


二日目――南凰宮、桜凜。

「さあ、麗霞！　今日は夜通し付き合ってもらうわよ。覚悟なさい！」

筋肉痛の腕をさすりながら、呼び出された南凰宮に向かうと桜凜が仁王立ちで待ち構えていた。

「な、なにをするつもりで……？」

傍らに佇む侍女が机の上に大きな箱を置くと、そそくさと去っていく。

「今日は……これに付き合ってもらうわよっ！」

成金商家の朱家の令嬢。一体なにをさせられるのかと嫌な予感がして息を呑む。

興奮気味に桜凜が開けた箱の中身を見て、麗霞は目を瞬かせた。

「これは……」

それは庶民がこよなく愛する駄菓子、そして盤上遊戯（ボードゲーム）が大量に詰めこまれていた。

「えっ……これ。なんでこんなに……すごい！」

溢れんばかりの駄菓子はまさしく子供の夢。思わず麗霞の目が輝いた。

桜凜を仰ぎ見ると、恥ずかしそうに顔を赤らめ視線をそらしている。

「侍女たちの手前、庶民のものに手を出そうとしても中々憚（はばか）られてね。静蘭や雹月はこういうのからっきしだし……。でも貴女ならできるでしょう!?　ちょっと付き合いなさいよ」

「もちろん、喜んで！」

桜凜は一代で成り上がった商家の娘ではあるが、生まれは麗霞と同じ庶民の出だ。妃として振る舞わなければならない今は、色々と制約があるのだろう。

桜凜はいつもの派手な衣装を解き、可愛らしくも質素な寝間着に着替え、机を挟んで向かい合う。

駄菓子を食べながら、子供の頃勤（いそ）しんだ懐かしい遊戯を二人で楽しむ。

まるで同年代の友人と遊んでいるかのように心穏やかな時間が流れた。

「――参りました」

「ちょっと、貴女弱すぎない？」

「子供の頃からこういうのはからっきしで……」

　一刻後、麗霞は桜凜に完敗していた。

　もしこれが金銭をかけた賭け事であれば、麗霞はとっくに破産している。

「桜凜様が強すぎるんですよ」

「盤面の未来を読むのは商売の行く末を読むのと同じだからね。ほら、もう一戦やるわよ」

　と、桜凜は得意げに微笑みながら駒を進めた。

「……ところで麗霞。負け続けた罰、ってほどでもないのだけれど。一つききたいことがあるのよね」

「なんでしょう」

「貴女、天陽様のこと……どう思っているの？」

　突然の質問に麗霞の手が止まる。

「どうって……私はただの侍女ですよ。天帝様をどう思うとかそういうのは――」

「はぐらかすのもいい加減になさい。鈍感な振りしてこれ以上ごまかすならひっぱたくわよ」

　桜凜の真剣な表情を見て、麗霞は困ったように肩を竦めた。

「……静蘭以外にはバレていないと思ってたんだけどなあ」

「みくびらないで。商売人は人の心なんて容易く読めるのよ」

暫しの沈黙の後、麗霞は観念したようにため息をつく。

「何度か妃になれといわれました。でも私は妃なんて性にあっていないので、お断りしたんです」

「信じらんない……」

麗霞の口から返ってきた言葉に、桜凜は心底呆れてため息をついた。

「国中の女が喉から手が出るほど欲しい地位を、アンタはそれだけの理由で蹴飛ばしてるのよ。後ろから刺されても文句はいえないわ」

「そういわれても……私は、恋愛とか結婚とか本当によくわからないんです。ずっと山奥で暮らして色恋とは無縁な生活を送っていたから」

「好きっていう気持ちがわからないってこと？」

「ええ。だからこそ、生半可な覚悟で承諾するわけにはいかないんですよ」

「ふぅん。アンタ、ただの鈍感人間だったわけじゃないのね」

麗霞は決して鈍感なわけではない。鈍い振りをしていたのだ。

天陽を懸命に支えている秀雅や、妃たちを目の前で見ているからこそ麗霞は答えを出せずにいた。

「じゃあ言い方を変えましょう。天陽様に求婚されて嬉しくはなかったの？」

「嬉しいですよ。でも、今の生活や皆さんとの関係を壊すのが怖くて……」

「ふぅん……それ、もう答え出てるじゃない」

「……え？」

驚く麗霞に、桜凜は「気付いていないの？」と絶句する。

「前言撤回。白麗霞、アンタはやっぱり鈍感人間だわ」

「ええっ!?」

酷い、と困惑する麗霞の額を桜凜は指で軽く小突いた。

「いいこと、麗霞。私たちは天陽様を支える柱なの。そのために秀雅様に集められた。そこにもう異論はないわ。でもね……私たちだって一人の女なの。好きな人が他の人に夢中になっていたら、ヤキモチの一つだって焼くわ。鈍感すぎるのも罪よ。貴女がそのままだったら……私が、天陽様を奪ってしまうわよ？」

「それ雹月様にもいわれましたけど。そもそも奪うもなにも、桜凜様も雹月様も天陽様のお妃様じゃないですか……」

「ほら、そういうところが鈍感だっていうのよ。本当、アンタじゃなきゃひっぱたいてるわ」

桜凜は挑発的に笑いながら、麗霞の駒をこつんと倒した。

「これで私の全戦全勝。さ、そろそろ寝ないとお肌に悪くなっちゃう」

　そういって桜凜はあっという間に片付けを終えると、そそくさと寝台に潜った。

「――麗霞。貴女の気持ち、自分の胸によく聞いてみなさい」

「……私の、気持ち」

　長椅子に横になりながら、麗霞はそっと自分の胸に手を当てる。

「私は――」

　頭の中に天陽の顔を思い浮かべながら、麗霞は静かに目を閉じるのであった。


　三日目――西獅宮、静蘭。

　雹月と桜凜にいわれたことでどうにも気持ちが落ち着かない。

　ざわつく胸に気付かない振りをして、麗霞は西宮にやってきた。

「待ってましたわ！　麗霞！」

「うわっ！」

　部屋に入るなり、両手を広げて待ちわびていた静蘭に思い切り抱きしめられた。

「ああ、やっと私のところに来てくれた。本体の貴女じゃないのが悲しいけれど……仕方がないわ。姿形が変わろうとも愛しい麗霞であることには違いないのだからっ！　今日はぞんぶんに楽しみましょうねっ！」

そういいながら愛おしそうに頰ずりされる。

「い、痛い！　落ち着いて、静蘭！」

静蘭の愛は相変わらず重い。抵抗してなんとか解放された。

「そ、それにしても……今日は静蘭一人なんだね。てっきり天陽様がいるかと思った」

「あら、今日は陛下と私の二人きりの逢瀬でしょう？　無粋な邪魔をさせるわけないでしょう」

（……あ、本気だ）

静蘭は含み笑いを浮かべ、麗霞の頰をそっと撫でる。

「……それとも、天陽様に会いたかった？」

「そ、そういうわけじゃ……」

「あら、歯切れが悪いわね。なにかあったの？」

「実はね――」

麗霞にとって従姉妹の静蘭は、幼い頃からの旧知の仲。

おまけに彼女にはどんな嘘も誤魔化しも通用しない。

それ故、麗霞は他の妃たちからいわれたことを洗いざらい伝えたのだ。

「雹月様や桜凜様の気持ちもわかるわ。だって貴女たちもどかしすぎるもの」

「みんなは私にそんなに妃になってほしいの？　みんな天陽様のことが好きならこのままでもいいんじゃない？」

ぼすん、と麗霞は寝台に寝転んだ。

「でも、今その平穏が〝春花姫〟という存在に脅かされようとしているのは事実。どうせなら気心のしれた人に仲間に加わってもらったほうが楽じゃない」

「そういうもの？」

「そういうものよ。まあ、私は天陽様の寵愛なんてどうでもいいのだけれどね」

静蘭は徐に立ち上がると、麗霞の上にのしかかってきた。

「……静蘭？」

「無防備に横になっちゃって。貴女、中身は女の子だけど。体は男の子なのよ？　つまり……私と、天陽様の体に入った貴女なら、できるってこと」

「ちょっ……急にどうしたの……？」

静蘭が纏う空気が変わった。色気を出しながら、麗霞の頭の横に手を置く。

「天陽様は春花姫との縁談を断りたい。つまり、子宝が出来ればいいということ。つまり……既成事実さえ作ればこっちのものよ。長老様たちが気にしている家柄も、游家ならまず問題はないでしょうし」

静蘭は麗霞の耳元でくすりと笑う。突然のことに麗霞は冷や汗をダラダラ流した。

「ちょっ、と待って……だって、中身は私だよ……？」

「あら、麗霞だからいいのよ。ずっと思っていたわ。麗霞が男だったらよかったのにって……いいえ、そもそも性別なんて関係ない。私は貴女を愛しているんだから」

頬を優しく撫でる静蘭の目は獣のようにギラついている。

熱を帯びた視線を向けられ、顔が近づいてくる。

「ほ、本気……？」

「安心して、優しくするわ」

「せいら――」

さすがにこれはまずい。

麗霞は混乱する頭を必死に働かせて、なんとか静蘭を止めようとその肩に手を乗せた。すると余計に体重がかけられて、完全に押し倒されている感じになっているではないか。

これ以上は天陽様に申し訳がたたない。

「待った、静蘭！　さすがに無理――」

声を上げようとしたとき、口に人差し指を当てられた。

「しっ、静かに。誰かが部屋を覗いているわ」

「……え」

「あの気配は……恐らく春花妃でしょう。大方長老たちが唆したのかしら」

麗霞はちらりと視線を窓のほうに向ける。

蠟燭の明かりに照らされ、揺らめく人影が見えた。

「……どうするの？」

「さすがに会話までは聞こえていないでしょうから、このままで」

「このまま……」

「ほら、私の首に腕を回して。もっと密着して小声で話さないと、聞こえてしまうわ」

いわれるがままに麗霞は静蘭の首に腕を回す。

密着すれば静蘭の息が耳にかかるほど近い。色んな意味で先程から心臓がうるさいほど鼓動を打っている。

再び窓を見てみると、人影がわなわなと震えているのが見えた気がした。

「これ、また変な誤解されない……？」

確か一年前も天陽と入れ替わった麗霞が静蘭と一晩を過ごし、他の妃たちから誤解され、抜け駆けだなんだと大騒ぎになったことを思い出す。

麗霞が困惑する一方、静蘭はとても楽しげだ。

「いいんじゃない？　前だって私たちの関係から事件が動いたのだから。今回も上手く運ぶかもしれない。それに……敵意を向けられるのは私だけでいいでしょう？」

そのために私がいるんだから、と静蘭は麗霞の頬を愛おしそうに撫でる。

その言葉がどうにも引っかかった。

「どうして？」

「なぁに？」

「どうして静蘭はいつもそうやって平気で自分を犠牲にするの？」

麗霞に見上げられ、静蘭は一瞬目を丸くしたもののふわりと微笑む。

「それが私の役目だからよ。体を張って貴女を守れるなんて光栄だわ」

「静蘭が私を守ってくれているのはしっているよ。でも……私だって静蘭を守りたい。だから、自分だけが犠牲になるなんて……そんな悲しいことというのはやめて。静蘭は私の大切な家族なんだから」

「麗霞……」

その言葉を受け止めた静蘭は驚いたように瞬き（まばた）を繰り返したかと思えば、それはもう幸せそうに破顔して麗霞を思いきり抱きしめた。

「ちょ、ちょっ……!?」

「本当に、本当に……貴女のそういうところが大好きよ！」

「あ、ありが……とう？」

「ああ、もうっ！　こんなことをしている場合ではないわっ！」

そういうと静蘭はむくりと起き上がり、手を叩いた。

するとぱたぱたと慌てた足音が遠ざかっていく。窓を見ると、人影が消えていた。

「お邪魔虫も退散したことだし、楽しい夜にしましょう！　天陽様を追い払うのも、とっても苦労したんだから」

「え……どういうこと……？」

部屋の空気が変わった。くるりと麗霞に向き返った静蘭の顔が恐ろしい。

「今、天陽様を追い払うっていった？」

「仮にも私の側仕えの白麗霞が、今夜天陽様がくることをしらないと思う？」

「い、いや……」

「と、なると当然天陽様は貴女に会いたいから自分もいると我が儘をいうでしょう？　でも私は折角の貴女との二人きりの時間を邪魔されたくないの。たとえ、天陽様だとしても容赦はしないわ」

怖い。怖い怖い怖い。

物凄く嫌な予感がして、麗霞は思わず後ずさった。

「せ、静蘭……天陽様になにしたの……？」

「うふふっ……よぉくおやすみしてもらっているわ。今頃、宿舎でぐっすり眠っているんじゃないかしら？」

静蘭は袂から薬の一包みをちらりと覗かせた。

（この人、天帝に薬盛ったの!?）

そう突っ込みたかったが、恐ろしすぎて声が出てこない。

青ざめて震える麗霞に静蘭は変わらず微笑みを向ける。

「……ああ、心配には及ばないわ。傍では翠樹が守ってくれているから」

その名を聞いて、天陽お抱えの凄腕用心棒がいたことを思い出す。

いやいや、そういう問題じゃない。慈燕が聞いたら卒倒間違いなし。これはなんとしても墓場まで持っていかないと――。

「そういうことだから。私と二人でゆっくり……長い長い夜を過ごしましょうね。私の可愛い麗霞？」

「え、いや……あの……静蘭さん？」

ずずいと近づいてくる静蘭。いつの間にか壁に追い込まれていた麗霞に逃げ場などなかった。

「愛しているわ、私の麗霞？」

「いやだああああああああっ！」

この夜、西宮に断末魔の叫びが響き渡った。

——というのを繰り返すこと二度。

連日、麗霞は妃たちに囲われほとんど眠れぬ夜を過ごしていた……というわけだ。

＊

「……つかれ、ました」

そんなこんなで七日目の晩。麗霞は皇后秀雅のもとを訪れていた。

これまでの嵐のような日々が嘘のように、秀雅は静かに麗霞と酒を飲み交わしてくれた。

「随分賑やかだったと聞いているぞ。夫婦仲がよいのは実によいことだな」

「秀雅様、からかっていません？　夫婦仲というか……ただの女子会ですよ？」

「なあに、暁明は素晴らしい妃たちに囲まれているな、と羨ましく思ってしまっただけだ」

「あの人たちを集めたのは秀雅様じゃないですか」

「自分のことながら鼻が高いよ。やはり、私の目は正しかった」

秀雅が嬉しそうに微笑みながら麗霞を見る。

その笑顔は少し切なそうで、なんとなくいつもの秀雅とは異なる雰囲気を覚えた。

「……秀雅様？」

「なあ、麗霞。其方は暁明のことをどう思っているんだ」

またた。妃全員に聞かれた質問に、麗霞は目を丸くする。

「どう……といわれましても……」

「現在、北玄宮には春花姫が留まっているが、実際には空いたままだ。そして……その妃となる資格をお前はまだ失ってはいない」

その言葉にどきりと胸が高鳴った。

半年前の祭りで催された舞姫選抜で勝ち抜き、麗霞が妃となる資格を有したのだ。正確にいえば麗霞と入れ替わった天陽が、なのだが。その後、一度麗霞はそれを断ったものの、白紙にはならず「保留」という形でとどめられていた。

「其方は他の妃とも上手くやっている。侍女たちからの信頼も厚い。それ故、白麗霞が暁明の妃になったところで反感を持つ者は誰もいない。たとえ春明国でも、この国とその重鎮である妃たちの実家とは敵対したくはないだろう」

「私が妃になれば、春花姫との婚姻を阻止するためにこんな回りくどいことをしなくても全部が丸く収まるってことですか」

「ああ、そういうことだ」

あまりにもあっけらかんと答えられたので、なにもいえなくなってしまった。

「逆に聞くが、どうして其方は頑なに妃になりたくないのだ。暁明が嫌いなのか？」

「嫌いではないです。ただ……結婚というのは、本当に好きな者同士がするものでしょう。こんないい加減な気持ちで妻になることはできませんし、皆さんに申し訳がたたない」

「どこまでも真っ直ぐな女だな、其方は」

ふっ、と鼻で笑われた。なんだかここまで悩んでいる自分が馬鹿みたいだ。

「いい加減な気持ちでと其方はいったが。其方は十分、暁明のために必死になっているように見えるがな」

「え……？」

「違うというのであれば、なぜ今回の婚姻破綻作戦に付き合っている」

「それは……私も暁光様と結婚したくないからで……」

「じゃあ、暁明が春花姫と結婚するのはいいのか」

「……っ」

言葉に詰まった。寝首を掻くように、秀雅はにやりと笑いさらに麗霞を追い詰める。

「暁明が他の女のものになってもいいのか？　この入れ替わりを、其方ではなく私と暁明がしても……其方は平常心でいられるのか？」

「そ、それは……」

最初は巻き込まれただけだった。そして次も。

いや、麗霞は色々なことに巻き込まれすぎている。本来ならば関わり合いのないはずの天帝のために命を張り、その妃たちのためにも必死に動いた。

大変だった。だが……不思議と嫌ではなかった。大騒ぎしながらも、今はそれを楽しみつつある自分もいた。

それを。そんな日々を他の人間に取られたら？

「私は……」

「其方は自分のことに鈍感すぎる。何故、暁光と結婚したくないのか、何故、春花姫を其方はそこまで避けているのか――よくよく、自分の胸に聞いてみろ」

とん、と秀雅は麗霞の胸に手を当てた。

「私はいつまでも其方らを支え、導いてやれるわけではないのだぞ？」

くすりと笑いながら、秀雅は空っぽのままの麗霞の盃に酒を注いだ。

秀雅は盃を揺らしながら、ぼんやりと中庭を見る。中庭に見える月夜池には三日月が綺麗に揺蕩っていた。

「この一年でここは本当に賑やかになった。平和になった。暁明も明るくなり、妃同士の仲も良く……笑いの絶えない場所になった。それは……それは全て、其方のお陰なのだ、白麗霞」

「そんなに褒めたって、なにもでませんよ秀雅様」

「世辞ではない。これは私の本心だ」

金色の瞳が真っ直ぐに麗霞を射貫く。

その微笑は美しく、はじめて会ったときの恐ろしさなんて微塵も感じなかった。

「私は存外其方を認めておるのだ。白麗霞、其方にならーーー」

妙なところで言葉を切られ、麗霞は続きを促すように首を傾げた。

「いいや、なんでもない」

「なんですか、気になるところで切らないでくださいよ」

「いいや、本当になんでもないんだ。そうだな、いずれ時が来たら話すよ。今日はただ楽しく其方と語らいたいのだ。これも女子会……というやつだろう？」

「……わかりましたよ。とことんお付き合いします」

秀雅はごまかすように笑いながら、盃を傾けたのであった。

＊

「ーーー陛下」

それから更に三日が経った。

今も妃たちとの逢瀬は続いており、色んな意味で眠れない日々が続いている。今夜は秀雅に呼び出されていたな、なんて覚束(おぼつか)ない足取りで歩く麗霞の前にずらりと長老たちが立ちはだかった。

「陛下、今晩は春花姫のもとへ赴きいただきたく」

「逢瀬は私の自由だろう。貴方たちに指図される筋合いはないはずだ」

「夫たるもの、妃はみな平等に愛さなければなりません」

「いや、愛するもなにも春花姫はまだ妃になったわけでは——」

その瞬間、長老たちの目がかっと見開かれた。

「春花姫は陛下に全く相手にされないと気に病み、床にふせっておられる！　もし、これが春明国に知られでもしたら大問題ですよ！」

「は、はあ……？」

「春明国の王は春花姫を溺愛されている。最愛のご息女のためならばと、朝陽に送ってくださったのにもかかわらず、惚れた男に泣かされたと知れば父親心としてどう思いましょう！」

確かに端から聞くだけでは、自分は春花姫に最低なことをしているようなものだ。

「気持ちはわかるけど、勝手に押しかけてきたのはあちらで——」

「陛下っ！」

長老衆に詰め寄られ、さすがの麗霞もたじろぎながら慈燕を見た。

「ここまでのようですね」

「っ、わかった。ここまで放っておいたのは確かに私にも非がある。気がないなら気がないとはっきり断るよ」

「……それが得策かと」

仕方なく、長老たちについて春花姫がいる北玄宮へ向かうこととなった。

天陽は春花姫との約束に身に覚えはなく、結婚するつもりはないとはっきりいっていた。ならば、麗霞が勝手に断ってもなんら問題はないはずだ。いや、元より互いにそうする計画だったのだから。

「あー……春花姫」

足取り重く春花の部屋に赴くと、室内は暗かった。

その奥からすすり泣く声が聞こえる。

「天陽さま……？」

恐る恐る顔をあげた春花は麗霞を見るなり飛びついてきた。

「どうして、どうして私を放っておくのですか!?　たとえ静蘭さまを寵愛されていたとしても、私は貴方さまに会えるだけで構わないというのに！」

ひし、と抱きつかれ泣き腫らした顔で見上げられる。

やはり静蘭とのあの場面を春花ははっきり見ていたようだ。

「そうだ。私には静蘭や妃たちがいるから……」

「――なんて。私があの程度で騙されると思いましたか？」

次の瞬間、春花の顔から笑みが消える。

「やはり、天陽さまは白麗霞という侍女が大事なのですね」

「――……は？」

突然出された自身の名前に動揺する。

「長老さまから聞きました。天陽さまは静蘭さまの侍女を大変気に入っておられるとか」

（あの長老ご一行、また余計なことを……！）

「先日の逢瀬は、本当は白麗霞にお会いになるおつもりだったのでしょう。しかし、私の気配に気付き、慌てて静蘭さまとの逢瀬を偽装し、私を欺いた……違いますか？」

半分正解。だがしかし――。

（その白麗霞は今あなたの目の前にいるんだけどなあ……）

なんてことは口が裂けてもいえなかった。

肯定も否定もないのをいいことに、春花は勘違いをしたまますらに話を進めていく。

「他の妃さまならともかく、一国の主である天陽さまが一介の侍女を妃にしようなどとは……もっとご自分の立場をお考えになってください！　その侍女はきっと、天陽さまの妃という立場を狙っているだけなのです！　白麗霞に騙されないで！」

（酷い勘違いされてるし、私なにもしてないのにすっごい嫌われてない⁉）

「あなたの妃として相応しいのはあんな侍女ではなく、この私です！」

声高らかに春花は叫ぶ。

「天陽さまは幼い頃、春明に先代といらっしゃいました。そこで年の離れた私と一緒に遊んでくださったじゃないですか！　とても優しくて、まるで太陽のように美しくて。私は天陽さまのような殿方と結婚したいと思ったのです！」

彼女は自分の知らない天陽を知っている。

でも、自分だって春花が知らない天陽を知っている。

天陽は誰にでも優しいのだ。優しいからこそ、周囲は皆勘違いする。

その優しさにつけ込み、天陽を利用しようとする。

（天陽様の苦労も、その想いも、なにも知らないくせに……）

「ね、天陽さまも私を迎えにくると、そう約束してくださったではありませんか」

期待たっぷりに見上げる春花は、嘘をついているようにも思えなかった。

――となると、天陽がその約束を忘れてしまっているだけなんだ。

(身に覚えなんてないっていってたのに……)

ああ、なんだかとても苛々する。

(立場の違いは私が一番よくわかっている。だからこそ、私はそのままでいたいのに。

いつも周りが勝手に――ううん、天陽様だって)

元々妃なんて必要ないといっていたくせに、妃になって欲しい、そういったのは自分じゃないか。

それなのに、自分は結婚の約束をして、あろうことかそれを忘れている始末。

(あんまりだ――)

腹の底から込み上げてくるどす黒い感情を抑え込みながら、麗霞は春花に笑みをむけた。

「貴女を無下に扱ってしまったのは本当にごめんなさい。でも、貴女は妃じゃない。今はただの客人だ。どれだけ泣かれても、夜を一緒に過ごすことはできないよ」

それでつい、いつもより冷たい言葉選びになってしまう。

なんでこんなに苛ついているのか、麗霞自身理解できなかった。

「いいえ、私は天陽さまの妃になるためにここにきたのです！」

体を密着させる春花の肩を掴み、麗霞はゆっくりと離した。

「私は……今の後宮が好き。今の妃たちが大切なんだ。それはみんなも同じ気持ちで。だから、この輪の中に貴女が無理矢理入ってきたら……きっと上手くいかなくなるよ」

落ち着け。怒るな。ここで感情を荒らげたら全てが無駄になってしまう。

至って冷静に。天陽のように。やんわりと、優しく、この婚姻をなかったことにするんだ——。

「いいえ、いいえ！　私は天陽さまと結婚します！　だって、私は次期皇后になる運命なのですからっ！」

「…………は？」

耳を疑った。

込み上げていた感情が一瞬にして無に帰した。

彼女はなにをいっているんだ。だって、今皇后の座には秀雅がいるじゃないか。

「春花姫。さすがにいっていいことと悪いことがあると思うけれど」

はじめて、麗霞は人の言葉に不快感を覚えた。

声音が低くなった麗霞を見上げる春花はきょとんとしている。そこに悪意はまるでない。

だが、悪意がないからこそそれは猛毒なのだ。

けれど、春花は不思議そうにこてんと首を傾げた。

「だって、秀雅さまはもう長くはないのでしょう？」

「なにを……いって……」

「そうなれば、私の出番です。私と天陽さまが手を取り合い、春明と朝陽、二つの国の架け橋となるのですよ！」

純朴な笑顔。悪意がない純粋な狂気。

「そうしたら私が天陽さまを引っ張っていって差し上げます！」

「ふ、ふざけるのもいい加減にして。秀雅様はまだ死んでない」

素で出た声は自分でも驚くことに低く、怒りに満ちていた。

「ええ……でも、天陽さま。秀雅さまを愛していないのでしょう？　秀雅さまも天陽さまのことを愛していない。それなら天陽さまのことを心から愛している私がお側にいたほうがいいじゃないですか！」

悪意のない毒に満ちた言葉の刃が、麗霞の胸をどす黒くしていく。

「……貴女は自分がなにをいっているかわかっているの？」

「はい！」

やはりその目に悪意は一切ない。心からの言葉だ。

春花はぎゅっと麗霞の手を握り、純朴そうに微笑むのだ。

「私は、天陽さまを愛しておりますからっ！」
（――ああ）
彼女に天陽は渡せない。絶対に彼女を妃にしてはいけない。
（私がなんとかしないと。天陽様と秀雅様をこの子から助けなきゃ……）
麗霞は目を細め、春花を映す。
胸に広がるどす黒い想いは炎となって燃えはじめようとしていた――。

第三章

皇帝、すれ違い

「れーいーか――――っ!」

早朝、天陽(てんよう)が仕事をしているとけたたましい声とともに背中にずしんとのし掛かる重み。陽暁光(ようぎょうこう)が背後から飛びついてきたのだ。

「今日もお前は美しいなっ!」

「ええい、気色悪い! 離れろっ!」

苛立たしげに天陽が振り払えば、彼は少しむすっとしながら中身が兄ともしらずその顔を近づけた。

「なんだ。今日は機嫌が悪いな」

「いちいち顔が近いっ! 仕事中にいきなり抱きつかれたら誰だって怒るだろ!」

実際、天陽はすこぶる機嫌が悪かった。

それは仕事に追われているからでも、弟に付き纏われているからでもなく――。

(あれから一度も麗霞(れいか)に会えていない!)

入れ替わりから間もなく半月が経とうとしている。

その間、天陽は一度も麗霞に会えていなかったのだ。

『秀雅、麗霞はどこにいる』

『うむ……今日は確か、雹月のところに行くといっていたな』

　お互いの婚姻の危機を乗り切るために行われた今回の入れ替わり。いつもの通り、作戦会議を兼ね秀雅のもとに赴けば、いつもそこにいるはずの麗霞の姿はなかった。

『明日の晩は枢宮に来るのか』

『来ないだろうな。明日は桜凜との約束があるらしい』

　どうやら麗霞は連日妃たちに会いにいっているようだ。恐らく少しでも春花の付き纏いから逃れるためだろう。そういうことならやむを得ない。

『静蘭、今日は麗霞が其方の宮を訪ねる日であろう』

『おや、よくご存じで』

　雹月、桜凜と会ったのなら順当に来れば次は静蘭だ。

　入れ替わった際は西宮でも会うことが多かったから、ここで待っていればそのうち必ず麗霞に会うことができるだろうと踏んだ。

（ああ、これでやっと麗霞と今後について話すことができる）

『まあまあ、麗霞が来るまでまだ時間がありますからお茶でもどうぞ』

『……あ、ああ。すまない』

　安堵しながら、天陽は静蘭に出された茶を飲んだ。

なにを話そう。そうだな、まずは自分の近況と暁光の思惑について。慈燕(じえん)も来るだろうから、四人で話しあいまた解決策を模索していけば――。

なんて気楽に考えていたことが間違いだった。

『――なにがおきた』

気付いたときには、見慣れぬ天井が広がっていた。

ここは侍女の寝所。目を瞬かせていると、すぐ傍には、西宮の侍女兼天陽の隠密(おんみつ)を務めている翠樹(すいじゅ)が座っていた。

『翠樹、これはどういうことだ』

『その……天陽様がお目覚めになるまでお側で守るようにと静蘭様からの命令で』

『おのれ静蘭――私に睡眠薬を盛ったな……！』

元々薬に耐性がある天陽。しかし本職の静蘭の手にかかれば効く薬を調合するなんてお手の物。無味無臭。まんまと天陽は静蘭に一服盛られたわけだ。

飛び起きて窓を見れば外はすでに朝焼けが広がっていた。

『静蘭！』

慌てて静蘭の部屋に飛び込んだものの、そこには既に麗霞の姿はなかった。

『あら、一歩遅かったですね。麗霞なら先程慈燕様とお帰りになりましたよ』

『其方……一体全体どういうつもりだ』

『どうもなにも、昨晩は私と麗霞の二人きりの時間ですもの。たとえ天陽様でも邪魔をさせるわけないではありませんか』

『謀ったなっ！』

『おやおや、人聞きの悪い。人に差し出されたものに疑いもなく口をつける貴方様がいけないのではありませんか。毒味は大事ですよ？　侍女になっても油断なさらぬことですね』

『き、貴様……ぬけぬけと……！』

彼女は悪びれもせず、あくどい笑みを浮かべていた。

静蘭の効き目が強すぎる睡眠薬のせいで、ぐっすり眠った天陽は体の調子はすこぶるよかった。しかし、この苛立ちだけは抑えられなかった。

（静蘭も静蘭、妃も妃……そうして麗霞も麗霞だ！　これではまるで私と麗霞が会えぬように遠ざけられているようではないか）

天陽はまんまと妃たちの術中にハマっていたわけだ。

『ははっ、それでとうとう私に泣きつきにきたわけか！』

『……うるさい。笑いたいなら存分に笑え』

その足で秀雅のもとに薬を届けに向かえば、腹を抱えて笑い飛ばされた。

『みんなしてそんなに私と麗霞を会わせたくないのか。もしや、また其方の仕業か』

『まさか。今回こそ私はなにもしていない。妃たちの思惑だろう』

『む……それなら何故……』

『皆、意外と其方に嫉妬しているということだ。この鈍感人たらしめ』

秀雅は楽しそうにけらけらと笑う。

本人は無関係だと言い張っているが、なんだかんだと結局はいつも彼女の掌の上で転がされている気がしてならず、天陽はむっとした。

『そうカリカリするな。そうだな、たまには可愛い夫に助け船を出してやろう。楽しみに待っているがいい』

そうはいわれたものの、結局今まで麗霞に会うことは叶わず珍しく天陽はすこぶる機嫌が悪かった――というわけだ。

「一体なんの用だ。剣の手合わせならしないぞ！」

「まあまあ、そう怒るな。今日はお前に渡すものがあってきただけだ！」

苛立つ天陽をものともせず、暁光は相変わらずの調子で一枚の文を差し出した。

「……招待状？」

「ああ。秀雅義姉上から、お前にも渡すようにといわれてな！」

それは茶会の招待状だった。差出人はなんと――秀雅である。

「秀……皇后様が何故こんなものを？」

「なんでもゆくゆく夫婦となる俺と麗霞、そして新たな妃となるであろう春花姫と兄上を交えて、茶会でもしようとのことらしいぞ」

（春花と暁光を交えて茶会だと？　一体どういうつもり……いや）

今まで秀雅に散々振り回されてきたお陰か、その考えも大分わかるようになってきた。

（これが秀雅のいう助け船、か。茶会で此度の婚姻騒動を解決しろというわけだ）

天陽は招待状を見つめながらにやりと笑った。

「――有り難い。謹んでお受けしよう」

「おおっ、そうかそうか！　それは嬉しいな！　秀雅義姉上には俺からよろしく伝えておこう！」

珍しく乗り気な天陽に暁光ははつらつとした笑顔を向けながら、その肩を抱いた。

「とはいえ、麗霞は庶民の出。皇族の茶会など緊張するだろう。なに案ずるな、俺がしっかり助けてやるからな。大船にのったつもりでいるといい！」

「……楽しみにしているよ」

そう答えると暁光は大変満足げにその場を去っていった。

一人残った天陽は箒を握り締めながらふっ、と笑みを零す。

（やっと……やっとだ。麗霞に会える……）

こんなことで一喜一憂するなんてまるで子供だな、と自嘲しながら天陽は上機嫌に掃除に戻るのであった。

＊

(──何故だ)

茶会当日──天陽は絶望していた。

なぜならそこに天帝──麗霞の姿がなかったからだ。

「暁明は遅れているようだな。気にせず先にはじめてしまおう」

席を空けたまま、秀雅の一声で茶会は開幕してしまった。

「あの……。暁光様がいらっしゃるのはわかるのですが、こちらの方は？」

訝しげな春花と目があって思わず天陽は身構えた。

「彼女は白麗霞。游静蘭の侍女だ」

「は、はじめまして春花姫」

「ああ……貴女が白麗霞、ですか」

細められた目に敵意が籠もる。

当然といえば当然だが、春花は麗霞の体の中に天陽が入っていることなど気付きもしない。恋敵を睨むかの如く、彼女は自分が惚れた男を睨んでいた。

「何故、侍女が主もなく招待客として座っているのです？　確か、天陽さまがえらくご執心だとも伺っておりますが……が」

（なんだか物凄く嫌われていないか!?　私なにかしたか!?）

いつも自分に向けられているものとは正反対の態度に天陽は顔を引きつらせた。

「幾ら天陽さまや皇后さまに気に入られているからとはいえ、お立場を弁えたらどうでしょう。ここにいるのは皆皇族の血を引く者。貴女のような一介の侍女がいていい場所ではないと思うのですが」

（……実に言葉がとげとげしい）

ある意味麗霞も同じ血が流れているのだが、なんて口が裂けてもいえない。

天陽はどうしたものかと悩んでいると、秀雅がくすりと笑った。

「姫よ、なにか勘違いしていないか？　白麗霞は暁光と婚約予定だ」

「えっ？」

その言葉に春花の目が丸くなった。

「だって天陽さまは白麗霞を妃にするおつもりで……」

「そのことだが、暁明は何度も玉砕しているのだよ。そんな白麗霞がまさか暁光と結ばれるとは……なあ？」

(秀雅……！)

にやりとほくそ笑む秀雅と目が合って、天陽は思わず拳を握った。

「まあ……まあ、なんと、まあ……」

それと対照的に、春花の目がみるみると輝き出す。

「ゆくゆくは私と暁明の義妹となるわけだ。その親睦も兼ねて招待したのだが……悪かったか」

「そうだったのですねっ！　ああっ、私ったらとんだ勘違いを！」

ころりと態度が変わった。先程までの敵意はどこへやら。春花は満面に笑みを浮かべ麗霞の手を強く握り締める。

「失礼しましたわ、麗霞さん！　貴女が暁光様に嫁ぐということは、つまり私が義姉になるということ。年も近いことですし、仲良く致しましょうね！」

「……は、はあ」

暁光の相手だということがわかった途端この豹変（ひょうへん）。実に末恐ろしい。

「まあ、そういうことだ。精々楽しい時間にしようではないか」

「さすがは秀雅義姉上。お気遣い痛み入る」

最悪な空気をものともせず、暁光は爽やかに笑っている。

「しかし……兄上は一体どちらに」

「天陽さま……」

晩光と春花の視線が、空席に向けられる。

本来ならそこにいるはずの天帝――もとい、麗霞の姿がなかったのだ。

「暁明は元々表に出るのは好きではないからな。恐れをなして逃げ出したのかもしれないな」

(――違う。麗霞は逃げない)

天陽は確信していた。

はじめて入れ替わった直後も、こうして秀雅が茶会を開いたことがあった。

妃たちとの初めての顔合わせ。右も左もわからない麗霞にとって圧倒的不利な状況。

だが、彼女は決して逃げることはなかった。

「――待たせたな」

あの時と同じように、麗霞は慈燕と共に遅れて現れた。いつものように不敵に笑いながら。

「天陽さまっ！」

麗霞が現れた瞬間、目を輝かせながら立ち上がった春花がその腕にひしと縋り付く。

「遅れてしまって申し訳ない、秀雅」

「いいや。今はじめたところだから問題はない」

「天陽さまっ、天陽さまっ！　秀雅さまが私たちの仲を認めてくださったのですよ！　私ったら天陽さまのことを色々と誤解してしまったようで！」

「誤解？」

喜々として報告する春花に麗霞の目が瞬かれた。

「ああ。姫は、其方を白麗霞に取られるのではないかとヤキモキしていたらしいぞ」

麗霞が秀雅を見ると、彼女はにやりとほくそ笑む。

「北宮(ほくぐう)は空いたまま。そこを埋める妃が、他でもない同盟国春明(しゅんめい)の姫ならばこれほど有り難いことはないだろう？　それに、其方の弟もようやく身を固めるのだ。これで朝陽(ちようよう)はまた盤石になる。これほど喜ばしいことはないだろう」

(秀雅……！　其方はまた、場をかき乱し楽しむつもりか！)

明らかに秀雅は麗霞を挑発している。

彼女は今回の婚姻破綻作戦を知っているはずだ。だが、彼女は協力するどころか暁光と麗霞との婚姻を進めようとしていたのだ。己の愉悦がために。

その時、徐に立ち上がった暁光が天陽の手を引き自分のほうに抱き寄せた。

「そういうことです兄上。俺は白麗霞を妻とし、今以上に兄上のお役に立ってみせると誓おう！」

「なっ……！」

秀雅にそそのかされるように、春花だけではなく暁光もその気になってしまった。じろりと麗霞に睨まれて天陽は、大慌てで首を横に振った。

「暁光さまのいうとおりです、天陽さまっ！　私たちも手と手を取り合い、春明と朝陽を繋ぐ架け橋になりましょう！　幼い頃交わした約束のように！」

「だからあんな約束、身に覚えが――」

天陽は思わず大声を上げ、はっとして口を押さえた。

周囲の視線が突き刺さる。特に麗霞からのものが痛い。

「……やっぱり覚えてないんですね」

（麗霞……？）

ぽつりと零された呟きは天陽の耳にはっきりと届いた。そしてはじめて麗霞から目をそらされる。その目にはどことなく怒りと悲しみが滲んでいるように見えた気がした。

「はあ……もう面倒くさい。まどろっこしいことなんて向いてないんだよ、私は」

「て、天陽さま？」

「兄上？」

天帝からそんな言葉が吐かれたことに、暁光と春花が目を瞬かせた。

麗霞は乱暴に頭を掻きながら、大きなため息をついた。

「はっきりいうよ。春花姫、暁光。私はこの婚姻を認められない」

「……え」

「それはどういうことですか。兄上」

狼狽える春花。訝しげに睨む暁光。

「陛下……どうするおつもりで」

眉を顰める慈燕を制止し、麗霞は話を続けた。

「悪いけど、春花姫。幼い頃交わした約束なんて私はしらない」

「で、でも……天陽さまは私を迎えにきてくれるって……約束を……」

「仮にその約束を抜きにしても私は貴女とは絶対に結婚したくない」

麗霞の目は本気だった。

「……あ」

あまりの衝撃に春花は口を押さえ後ずさる。

幾ら彼女でも、ここまではっきりと拒絶されれば理解するだろう。

「なんで……そんな……私は天陽さまに会いたくて……」

その目からは大粒の涙がぽろぽろと零れ落ちていく。

「兄上、幾らなんでも酷すぎます！　姫は兄上のことを想っていたのに！」

見かねた暁光が二人の間に割って入った。

「私は散々断り続けた。だけど、ここまでいわないと彼女はわからないでしょう。それに彼女は皇后を侮辱したんだ。そんな人と結婚なんて絶対にできない」

「……っ、百歩譲って、兄上が姫との婚姻を望んでいないのはわかりました！　けれど、俺と麗霞の仲は関係ないでしょう！」

「人の話は最後まで聞いて。あなたはいつも強引で、自分のことばかり。周りがちっとも見えていない」

麗霞は思いっきり毒づきながら、暁光の横を通り過ぎ天陽の前で足を止めた。

「天陽は春花姫と結婚しない。そして私は暁光と白麗霞との婚姻を認めない。それは何故か――」

ぐいっと腕を引かれた天陽は体勢を崩した。

「それは、白麗霞を天陽の妃として北宮に迎えるからだ」

気付くと天陽は麗霞の腕の中にいた。

「な――」

息を吞む暁光と春花。あんぐりと口を開ける慈燕。それを静かに見つめる秀雅。

「なんだってええええええっ!?」

一番驚いているのは他でもない天陽本人だった。

「ど、どういうつもりだ、麗霞！」

動揺したまま、天陽は小声で声をかけるも聞こえているのか無視しているのか、麗霞は黙って前を見据えたままだ。

「兄上、幾らなんでも勝手がすぎます！」

「勝手？　ずっと人の話を聞いてこなかったのはあなたのほうでしょう。そもそも天帝の言葉は絶対じゃないのか。長老も、姫も、弟も、誰も天帝の話に耳を傾けようともしないじゃない」

（これは……これではまるで、独裁じゃないか）

権力を振りかざし、言葉で脅して黙らせる——独裁者のそれだ。

麗霞の様子が明らかにおかしい。どうしてこんな風になってしまったのだと、天陽はくらりと目眩がした。

「いい加減にしないか。一体どういうつもりだ」

はっきり声を出し、麗霞の服を引っ張るとようやく彼女は天陽を見据えた。

「全部あなたが望んだことでしょう？」

（そうかもしれない。だが、違う……私が望んでいたのはこんなことではない！）

暁光に麗霞を渡したくはなかった。春花との婚姻も望んでいたわけではない。

麗霞が妃になることを願った。

だがこんな強引で、誰の意見も聞かない方法は望んでいない！

「黙って私にあわせてください。そうすれば全部丸く収まる」

するとと麗霞は小声で言って天陽の頰に手を添え、ゆっくりと唇を近づけた。

(どうして……なんで其方がそんなことをいうんだ)

自分の声が麗霞に届かない。

まるで拒絶されたようだった。あの頃の、暗君と呼ばれていたどうしようもない自分に戻ったかのような気分になった。

どん底にいた自分を引き上げてくれたのは、麗霞だというのに。

その其方が、また私に、黙って人のいうことを聞くだけの人形に戻れというのか！

「っ……やめろっ！」

どんっ、と天陽は思い切り麗霞の胸を押した。

「ふざけるな！　一体なんのつもりだ！　こんな強引なやり方、其方らしくもない！」

「周りくどい伝え方をしても彼らには届かない。なら真っ向からはっきり嫌だと伝えるしかないでしょう!?　こんなことしなくても最初から私が犠牲になってればよかったんだ！」

「ぎ、犠牲っ!?」

麗霞の言葉に天陽の頭にかっと血が上った。

「私の想いを其方はそんなふうに受け止めていたのか!?」

「じゃあどうすればよかったんですか!? 元はといえば、あなたがはっきりしないのが悪いんでしょう!」

「それはこちらの台詞だ! 散々人の話を聞かず自由奔放に私を振り回して! ある意味、其方は暁光と似たもの同士じゃないか!」

「そっちだって、誰にでも優しくするからみんなつけあがるんです!」

場も弁えない二人の口論は益々過激になっていく。

「もうこれ以上あなたに振り回されるのは御免なんですよっ!」

「振り回される!? 其方がそれを言えた立場か!?」

「このわからずやっ!」

「この鈍感人たらしっ!」

二人は顔がぶつかりそうな距離で言い合いを続ける。

「――そこまで」

ぱんっ、と眼前で叩かれた手に二人ははっと我に返る。

「いい加減にしろ。喧嘩をさせるために其方らを招待したわけではないぞ」

呆れたような秀雅の言葉に二人はようやく状況を理解した。

思い切り素で罵り合っていた。春花と暁光はぽかんと事態を飲み込めないように二人を見つめている。

「今日の茶会は中止とする。暁光、麗霞を連れていけ。慈燕、其方は天帝を」

「わかりました。さあ、麗霞……行こう……」

天陽は暁光に手を引かれながら歩き出す。

「……っ、なんで天陽さまはこんな侍女なんて」

すれ違いざま、涙目の春花に睨まれた。

その瞳は怒りと悲しみと憎悪に満ちていた。

結局は秀雅に諫められ、その日は幕を閉じた。

(何故だ……何故なんだ麗霞！)

天陽は呆然と麗霞に対し憤っていた。

これは怒りか、悲しみか、それとも自分へのふがいなさか。

(いや……私も私だ。何故あんなことを……)

ぐしゃりと髪を握る。

(麗霞は私のためを思って行動してくれたんだ。あんなに責め立てる必要はなかっただろう。それに……麗霞を妃にしたいと望んでいたのは他でもない私だろう。それなのに――)

どうして麗霞を拒絶したんだ。

じんと目頭が熱くなるのを堪(こら)えるように、天陽は大きなため息を零すのだった。

幕間

侍女、焦燥の理由

「あれが其方が思い描いていた結末か？」

「……いいえ」

茶会後の夜、麗霞は秀雅のもとを訪れていた。

いつものはつらつさが嘘のように麗霞はどんよりと沈んでいる。

「暁光と春花を誘い茶会を開けといったのは其方だろう」

「ええ。そこで互いの婚姻をはっきり断り、なんだったら暁光様と春花姫を意気投合させてしまえば万事解決。今回の婚姻騒動は丸く収まってめでたしめでたし……になる予定だったんですっ！」

それなのに、と一拍おき。

「なんで私、あんなことしちゃったんだろう!? 自分で自分に求婚するなんて！」

「あれは傑作。笑いを堪えるのに必死だったぞ」

うがーと叫びながら、髪を掻き毟る麗霞に秀雅はけらけらと笑った。

つまるところ、今回の発端は麗霞である。

春花も暁光も、こちらが幾ら拒もうとも結婚を諦めるつもりはない。ならば別のところに興味を移してしまえばいいと思い立つ。

そこで麗霞は親睦を深めると称し、暁光、春花を会わせることであわよくば二人がくっついてくれれば万事解決。妃が変わることもなく、尚且つ朝陽と春明の関係も深まる。一石二鳥……いや、三鳥くらいの考えだと思った。

だが……それをぶち壊したのは他でもない、麗霞自身だったというわけだ。

「それで？　其方はどこでし損じたわけだ」

「……天陽様の顔を見たら、なんか無性に腹が立ったんです」

落ち込みながら麗霞はぽつりと呟いた。

「天陽様は私と暁光様との婚姻をはっきり断ってなかった。それに、春花様との約束だって『身に覚えがない』の一点張りで。私がこれだけ考えて動いても、私と暁光様が結婚するのは構わないのだと……そう思ってしまって。それに……あれだけ結婚したくないといっておきながら、春花姫を庇った」

「それで、あんな真似を？」

「私は身代わりであって本物ではない。でも、姫も暁光様も私を本物だと思っている。それなら、天帝として命じれば無理矢理にでも婚姻はなかったことにできる。そして、自分が妃として北宮に入れば全て解決する……と。その、天陽様も前々からそんな話をいってくれてましたし……」

それなのに、と麗霞は拳を握る。

「自分から誘っておいて、土壇場で振られるなんて」

天陽に突き飛ばされた衝撃がまだ残っている。

胸が痛い。それは体の痛みではなく、心の痛み。

心のどこかで天陽なら受け入れてくれる、話を合わせてくれると麗霞は思っていたのだ。

「春花姫と天陽様との結婚は絶対に認められません」

「なぜ？」

「だって、春花姫は秀雅様を退けて自分が次期皇后になるといっているんです！」

「おや、そうだったのか」

必死な麗霞に対し、秀雅はけろっとしていた。

「秀雅様はこの国のためにずっと頑張っていた！　それを、余命幾ばくもないと平気で嘘をついて姫はこの国を乗っ取ろうとしている。そんなの許されてはいけない！」

「白(はく)麗霞。其方は立場をはき違えていないか」

ぴしりと秀雅は麗霞をたしなめた。

はじめて会った時のような冷たい目線を向けられる。

「今回の其方らの入れ替わりの目的は『婚姻の阻止』それだけだ。其方はただの侍女。

それが私や国の在り方に口を挟むなど、勘違いも甚だしいぞ」

「……っ、私はただ」

さあっと血の気が引いていく。

そうだ。いつから自分は勝手にこの国を守らなければならないと思っていたのだろう。自分はただの身代わりで。一介の侍女が、天帝の婚姻にも国の行く末にも口を挟めるわけがないというのに。

「だから、それは其方の建前だ」

「え……」

「私を侮辱したからという理由をつけ、春花に敵意を向けた。だが、その本心は麗霞……其方が春花に暁明を取られたくないだけだろう？　つまるところは、嫉妬だ」

秀雅はにやにやとほくそ笑みながら、麗霞の額を軽く小突いた。

「其方は暁明と春花に嫉妬心を抱いているんだ。自分だけの男を他人には決して取られたくない。それが恋、というものだよ麗霞」

「恋……」

すとんと言葉が腹に落ちた。

この胸のモヤモヤも、苛立ちも、全ては天陽に向けられたもの。

「……恋？」

今まで異性を好きになったことなんてなかった。恋がどういうものかもわからなかった。

そもそも異性は自分を女としては見てくれない。自分もそう振る舞っていたから。

でも、天陽は違う。優しい眼差しを向けて、支えて、傍にいてくれた。

恋？　初めての恋？　いや、違う。そんなはずは。いや、そんなことあっていいわけがない。だって——。

「しゅ、秀雅様だって本当は天陽様のことを愛しているじゃないですか。自分だけの男だって……でも、天陽様にはお妃様が沢山いるじゃないですか」

「……そうだな。その通りだ。でも、私の想いは叶うこともない。叶わなくてもいいと思っている。私がそれを願うには、幾分か遅すぎたんだよ。だから、其方は後悔するな」

自分の気持ちを受け入れられない麗霞を、秀雅は悟ったような穏やかな表情で見つめる。

「存分に悩め、白麗霞。私も気持ちに踏ん切りをつけるのに時間を要した。煮え切らぬ暁明に腹を立てたこともあった。だが、今はこう思うんだ」

秀雅は麗霞の手を握る。

「私は暁明が笑って生きてくれればいい。私が何年傍にいても、彼は心から笑うこと

はなかったから。そんな暁明が今は明るくなって、笑顔も増えた。人間らしくなった
……そうしてくれたのは、其方なんだよ麗霞」

「秀雅様……？」

麗霞は驚いた。秀雅の言葉にではない、自分に触れた秀雅の手が驚くほど冷たいこ
とに。化粧で隠しているが、その顔色が真っ青なことに。

その瞬間、秀雅の体が麗霞のほうへぐらりと傾く。

「……それに、春花姫の発言は間違いではない。私に残された時間は――」

「秀雅様!?」

倒れた秀雅を受け止めた。

その体は熱く、震えている。服の袖から覗いた白い腕には赤黒い痣が広がっている。

それを見た瞬間、麗霞の全身からさっと血の気が引いた。

「暁明には黙っていてくれ……余計な心配をかけたくない」

「誰か！　誰か来て、はやくっ！　秀雅様が倒れた！　慈燕さんっ！」

半月が上る夜、枢麟宮に天帝の悲痛な叫びが響き渡った。

第四章

皇帝、ゆずれない想い

(何故だ。どうして……麗霞……)

騒動から一晩明けても、天陽は動揺を隠せずにいた。

(いや、私も私だ。何故あんな言葉を……)

麗霞が取った突然の行動。そしてそれを拒絶してしまった自分。

(そうだ。麗霞に私を拒絶されたと思ったから……)

思い返せば思い返すだけ気持ちがずんと沈んでいくのを感じる。

(あんなに責め立てる必要はなかっただろう。そもそも、麗霞を妃にするとあれほど望んでいたのは私のほうじゃないか。その望みが叶うところだったのに——)

——何故、麗霞を拒絶してしまったんだ。

天陽は頭を抱えながら深いため息を零した。

「——大丈夫か、麗霞」

現れたのは暁光だった。落ち込む天陽の肩を抱くように隣に立った。

「昨日は災難だったな。兄上もアレは幾らなんでも突然すぎだ。あんな唐突な求婚、戸惑って当然だ」

（其方だって唐突すぎただろう）

そう突っ込みたくとも声は出てこなかった。

「昨日の兄上には心底がっかりした。あれは……俺が知っている兄上ではない」

（……当たり前だ）

だって中身は別人なんだから。

結果的に、麗霞も天陽も暁光と春花の好感度を下げることには成功したわけだ——決していい方向には進んでいないけれど。

「あれから春明国の人間がどうにも慌ただしい。兄上がはっきりと姫を妃にしないと告げたことで、姫はふせってしまったようだ。それが春明の王の耳に届けば——」

「戦になる……と」

「いや、元々春明は朝陽を乗っ取るつもりだったんだろう。表面上は同盟を結んでいるが、彼らにとってこの国は目の上のこぶ。長老たちもなにかきな臭い動きをしているしな」

「そんな話、私にせず天帝や慈燕……様にしたほうがいいのでは」

「いいや。俺はお前だから話したんだ」

言葉の意図が汲み取れず、天陽は首を傾げる。

すると暁光は天陽の手を握り、力強くこういった。

「麗霞。俺と一緒に朝陽を守るぞ！」

「……はあ？」

突然なにをいいだすんだこの男は。

ぽかんとしていると、暁光は目をきらきら輝かせ拳を握り語り出す。

「春明に朝陽を好きにさせるわけにはいかない！　兄上の様子がおかしい今、俺たちが立ち上がらずして誰がこの国を守るというんだ！」

「だからって何故私を……」

「共に天帝の血を受け継ぐ俺たちならできるはずだ。それに、お前はあの時兄上を拒んだろう!?　つまり俺を選んでくれたということだろう!?」

とても嬉しかったぞ、と暁光は笑みを浮かべる。

「い、いや……あれは……」

すぐさま否定しようとしたが、言葉が上手く出てこない。

暁光の前で麗霞をあれだけ拒絶し、罵声を浴びせかけた。白麗霞は天陽に一切の気はない。暁光がそう思ってもなんら不思議ではないのだ。

「だから麗霞……な？」

ぐいぐいと暁光の顔が近づいてくる。必死に天陽は体を仰け反らせるが、暁光の馬鹿力に全く抵抗できない。

（ま、まずい……まずいまずい……）

なにが悲しくて弟とそういう雰囲気にならなければならないのか。

これも自分で蒔いた種か。ああどうして私はいつも貧乏くじばかり——。

目を固く瞑り、心の中で現実逃避の愚痴を零しまくっていると暁光の声が聞こえてきた。

「手始めに敵の内情を探ってきてほしい。春花姫に会ってきてくれないか」

「——は？」

「女同士でしか話せない話題もあるだろ？　ほら、女子会というやつだよ」

驚いて目を開けると、眼前で暁光がにっこりと微笑んでいた。

「女子……会？」

婚姻阻止のための入れ替わり。それがいつの間にか国の存亡に関わる大事件に成り代わろうとしはじめていた——。

＊

「一体なんの当てつけですか」

（……まあ、そうだろうな）

泣きはらした目で春花は天陽を睨みつけた。

無理もない。目の前には想い人に求婚された挙げ句にこっぴどく振った恋敵が立っているのだから。

「そもそも侍女ごときが誰の許しがあって、私の部屋に入っているんです」

「それは俺が頼み込んだ！」

天陽の肩からひょこりと顔を出した暁光。相変わらず空気を読まない言動に、春花の顔が不愉快そうに歪む。

「いずれ姉妹になるかもしれない身だ。ここでお互いの誤解を解いておいたほうがいいだろうと思ってな。女子同士積もる話もあるだろう。後はゆっくり話すといい！」

「ちょっ……本当に私をおいていくつもりか⁉」

そういうなり、暁光は止める間もなく部屋を出て行ってしまった。

（ああ、もう私にどうしろというんだ！）

天陽は苛立たしげに頭を掻きむしりながら、恐る恐る春花に向き返る。

すると彼女は寝乱れた寝間着を整え、寝台の上に正座をしていた。

「起き上がって大丈夫……なのですか」

「平気です。敵に弱みを見せるわけには参りませんから」

春花は毅然（きぜん）とした態度で、天陽に座るように促す。

「今、茶を用意させましょう。二人ではありますが昨日の続きを致しましょう。都では『女子会』というものが流行っているのでしょうし」

「……歓迎、痛み入ります」

既に春花は笑みを浮かべていた。なんという切り替えの早さ。

(私も彼女と向き合わなければな。身に覚えのない約束、というものを聞かなければ)

天陽は春花と向きあうと、顔を引きつらせながらも、精一杯笑顔をつくってみせるのだった。

「――それで、私に一体なんのご用でしょう」

半刻後、部屋に運ばれてきた春明の茶菓子を囲みながら二人は茶を飲んでいた。

甘い匂いが漂う室内だが、その空気はぴんと張り詰めている。

「姫がふせっているとお聞きしまして。それに、昨日は散々な別れ方になってしまったので……」

「誰のせいだと思っているのですか」

ぎろりと睨まれて言い淀む。麗霞のせいだ、などとは口が裂けてもいえなかった。

黙っていると春花は呆れ混じりにため息を零す。

「全く……天陽さまが何故貴女のような侍女に入れ込んでいるのか理解できません。

容姿も家柄も、器量も、全部私のほうが優れているというのに」

「……姫はそんなにも天帝のことを好いているのですか」

「当然です。私たちは幼い頃に夫婦になる約束を交わしたのですから」

きっぱりと言い切られ、天陽は戸惑った。

(やはり、何度思い返してもそんな約束を交わした覚えは……ない)

確かに、幼い頃先代に連れられて春明国を訪れたことがあった。

だが、あの頃の天陽は八つの子供。そして春花はまだ六つほどのはずだ。

(幾ら私でも、婚姻の約束をしていたら覚えている)

どれだけ頭を悩ませても、天陽は春花がいう約束を思い出せなかった。

「……姫の思い違いではないでしょうか？」

「なんですって!?」

思わず口をついて出てしまった言葉に、春花はたまらず立ち上がる。

今にも手にしている茶をかけんとする勢いで、彼女は天陽を睨んだ。

「い、いや……申し訳ありません、言葉のアヤです。幾ら天帝でも、婚姻の約束をしていたら覚えているはず。それに、その頃既に傍には秀雅(しゅうが)——皇后様がいらしたはずです」

天陽は元より秀雅以外の妃を娶るつもりはなかった。

それ故、秀雅が傍にいる以上、他の女性と婚姻を結ぶ約束をするなんて有り得ないのだ。

「で、でもっ。天陽さまは確かに仰ったのです！　大人になったら必ず私を迎えに来ると！　それで私はずっとその言葉を信じて待っていたのにっ！」

（だが姫も嘘をいっているようには思えない）

現に春花は本気で怒っている。

話せば話すほど、その謎は深まるばかりである。

「とにかく、私は認めません！　天陽さまが本当に私との婚姻を破棄するというのであれば、これは国同士の問題！　然るべき処置をとらせていただきますっ！」

「なっ、なんだと……!?」

「当たり前でしょう。天陽さまは一国の姫である私を差し置き、一介の侍女を選んだのです。これは父上に報告させていただきますっ！」

ばんっ、と春花は机を叩き天陽を睨む。

「そうなれば、貴女は朝陽に危機をもたらした国賊！　それがお嫌なら、今すぐ身を引き、この後宮から出て行ってください！」

「つまり、この国を壊したくなければ姫と天帝が結婚できるように説得しろ……と」

「お話が早くて助かります！」

何故自分の周りに集まる女たちはこうも強情なのか。

天陽はつくづく自分の女運に呆れてしまう。

「待て、春花姫。今一度話を——」

「とにかく、話は以上です！　私は貴女のことが大嫌いですので、もう顔も見たくありません！　このお話が進展した報告以外はお会いしませんので！　それでは！」

春花が手を叩くと、侍女たちがずらりと現れて天陽を北宮から締め出した。

「……其方の想い人は一応目の前にいるんだけどなあ」

嬉しいやら、悲しいやら。

さて、どうしたものかと天陽は考え込みながら西宮へ戻ることにしたのだが──。

「私を放って、異国の姫と楽しくお茶会なんて……いい度胸ですね」

「せ、静蘭……？」

西宮の門を潜るなり、笑顔で仁王立ちした静蘭が待ち構えていた。

「貴方の姿が見当たらないので捜していたら、丁度暁光様をお見かけしましてね。懇切丁寧に尋ねたら、洗いざらい全てを白状──いえ、お話ししていただきました」

「全てってまさか──」

百点満点の笑顔に天陽は震え上がった。

昨日の茶会で起きた出来事を彼女が全て知ろうものなら……麗霞命の彼女が、天陽の言動を知ろうものなら──怒りの沸点などとうに超えていてもおかしくない。

「わ、私は急ぎ仕事に戻らなければならないのでこれで──」

身の危険を察し、即座にその場を離れようとした天陽の襟首を静蘭ががっしりと掴んだ。

「逃がすわけないでしょう？」

ゆっくりと静蘭の目が開かれる。殺気の籠もった瞳で射貫かれ天陽からみるみる血の気が引いていく。

「時間はたっぷりあります。ゆっくりじっくり、お話致しましょうか？　私の可愛い可愛い侍女さん？」

「ひっ──」

天陽は後に語る。

この瞬間ほど、命の危険を感じたことはなかった──と。

「──貴方様は麗霞の告白を無下に断った。一体どういう了見ですか。まさか麗霞と暁光様を結ばせるおつもりで？」

「ことの成り行きというか……その場の勢いというか……」

もじもじと手を弄りながら言い訳をする天陽に、静蘭は大きな舌打ちを一つ。

「あんな男との婚姻なんて……私は！　断じて！　認めません！」

よくも麗霞をと、静蘭は天陽を殺めんとする勢いで壁に追い詰めた。

逃げだそうにも静蘭は扉側を陣取っているため、絶対に逃げられない。脱出の糸口を探すため、目を泳がせていると「私の目をご覧なさい！」と静蘭が声を張り上げた。

「そもそも麗霞に想いを寄せていたのは陛下ではありませんかっ！」

「ああ、そうだろうな！　そうだろうとも！　だが、信じられないかもしれないが、そのことに一番驚いているのは私自身だ！」

そこでようやく天陽も静蘭の目を見て反論する。

「確かに私だっていいすぎたと反省している。だが、あの時の麗霞は明らかに様子がおかしかった。明らかに春花姫に敵意を向けていた。あんなのいつもの麗霞らしくない！　それに……私との結婚を犠牲だなどと思ってほしくはなかった！」

「悩んだ末の行動だったとしたら？」

静蘭の声音が突然変わった。

「陛下に相談する間もなく、どうしようもない事象が起きてしまった。きっと陛下ならわかってくれると信じて起こした行動が拒絶されてしまった。それに麗霞はどれだけ傷つき、自分を責めているでしょうね」

「……まさか、其方麗霞に会ったのか」

その問いに静蘭は答えなかった。

「そもそも、麗霞を囲い私と会えなくさせたのは其方たちではないか」

「……そうですね。押して駄目なら引いてみろ。天陽様に会わないことで、麗霞に自分の気持ちを理解してほしかったのです。あの子は自分のことに関しては鈍感すぎますから。ですが、今回に限ってはそれが裏目に出てしまった」

それに関しては少し反省してますよ、と静蘭は零す。

「麗霞は今どうしているんだ。直接会って話がしたい」

「……麗霞には会えません」

「会えない？　どういうことだ……」

「彼女は今、とても忙しくて手が離せないので」

この時、はじめて静蘭が天陽から目をそらした。

「静蘭……其方、なにを隠している？」

「陛下は今はご自分の状況を一番にお考えください。私は麗霞があの方の花嫁になるなんて死んでも御免ですから」

ごまかすように静蘭はにこりと笑うと、部屋を後にしようとする。

「どこへいくつもりだ」

「貴方も自分と向き合うべきかと。そのために必要なモノをご用意致しました」

「は――」

どういう意味だ、と通り過ぎた静蘭を振り返り天陽は固まった。

「……本当にいいのか、游静蘭」

「ええ。さすがに彼女を貴方のもとへ送るのは不安ですから。寧ろここを使ってくれた方が、私も監視ができて都合がいいですわ」

目を丸くする天陽。そこには暁光が立っていた。

「静蘭、どういうつもりだ……」

「今日はごゆっくり仲を深めてくださいな。色々と積もる話もあるでしょうし、ね」

それは天陽と暁光、二人の兄弟に対して向けられたものだった。

「あ、暁光様。仲を深めるとはいえ、麗霞の体に指一本でも触れたら私、ただではおきませんから」

「……こ、心得た」

暁光が静蘭の圧に押されている。向けられた笑顔におっかなびっくりしながら、暁光は彼女を見送った。

「一体、彼女になにをいわれた？」

あの暁光が固まった。そして照れくさそうに目を泳がせながらこう、続ける。

「――一晩、お前とこの部屋で過ごせ、と」

「はあっ!?」

認めたくないのか、くっつけたいのか。

静蘭の考えが全く理解できず、天陽は呆れながらあんぐりと口を開けるのであった。

＊

（なんでこんなことに……）

その夜、天陽は何度目ともいえないため息を零した。

昨日から目まぐるしく色々なことが起こりすぎて状況が全く整理できていない。

そんな天陽の心情を表すかのように、天気は荒れ、屋根には雨が激しく叩きつけ、時折雷の閃光と轟音がけたたましく鳴り響いていた。

（なにが悲しくて、実の弟と同じ寝床で寝ないといけないんだ!?）

それに拍車をかけているのがこの状況だ。

天陽はあろうことか静蘭の寝室で、どういうわけか弟の暁光と同じ寝台で背中合わせに横になっていた。

幾ら麗霞の体とはいえ、大の男が並んで眠るなんて悪寒が走ってたまらない。

（なんで暁光も、こういうときに限って静かなんだ！）

ちらりと視線を送ると、暁光の大きな背中は規則的に動いている。

眠っているのか、はたまたこちらの様子を窺っているのか——どちらにせよ、いつもうるさいくらいに迫ってくる男がこうも静かだと気味が悪くて堪らない。

（そうだ。なにも律儀に寝台で寝ることはない。私は長椅子で眠ればいいだけのこと）

体を起こした天陽は、ふと暁光を目に留めた。

かかっている布団がずれ、肩口が露わになっていた。

秋も終わりに近く、夜になるとかなり冷え込む今日この頃。

（……風邪を引いては困るな）

「——寝込みを襲うなんて、いじらしいな」

そっと布団をかけ直してやろうとしたとき、突然暁光が口を開いたものだから天陽は驚いて布団を取り落としてしまった。

「そ、其方……やはり狸寝入りだったのか！」

「別に寝たふりを決め込んでいたわけじゃない。こんな状況で眠れるわけないだろう」

「な……」

思わず身構える。しかし、暁光は色気の欠片もなく、大きく欠伸をしながら起き上がった。

「どうせお前も雷雨がうるさくて眠れないのだろう。どれ、少し話そう。仲を深めろと、游静蘭もいっていたからな」

「そ、そういうことか……」

「なんだ、抱かれるとでも期待してたのか。それならすぐにでも——」

「冗談じゃない！　断じてごめんだ！」

　ムキになる天陽を暁光はけらけらと笑いながら、部屋の照明に灯りを点す。

「……随分、楽しそうだな」

「ん？　そう見えるか。まあ、誰かと眠るなんて久しぶりだからな。おまけに今日は嵐の夜だ」

「それになんの関係が……」

「昔、こんな嵐の夜に一度だけ兄上と一緒に眠ったことがあったんだ」

「え——」

　窓の外を見ながら懐かしそうに微笑む暁光に、天陽は面食らった。

「こう見えて俺は幼い頃はかなり気が弱かったんだ。特に雷が大の苦手でな。だから一人で眠るのが怖くなって兄上のところにいってしまったんだ」

　窓枠に手をつく暁光の瞳が悲しみに揺れる。

「俺も、兄上もまだ子供だったから……」

閃光が走り、部屋の中が一瞬明るくなる。

屋根に叩きつける雨音。ごろごろと唸る雷。

「――ああ」

その音は天陽にとっても懐かしい記憶を思い出させた。


『――兄上』

あれは十数年前。天陽がまだただの『暁明』と呼ばれていた頃。

天帝や帝位継承問題など関係なく、普通の兄弟として仲良く過ごしていた頃の記憶。

『暁光……どうしたんだ？』

嵐の夜、暁光が暁明の寝所にやってきた。

『その……えっと……あ、兄上。俺……』

ぎゅっと枕を抱きしめながら、暁光は言い淀む。

暁明が首を傾げながら弟の言葉を待っていると、雷の閃光が室内を一瞬照らす。

『うぎゃっ――』

間もなくして響いた轟音に、暁光は潰れた悲鳴を上げて耳を塞いで蹲った。

『暁光……まさか、雷が怖いのか？』

歩み寄ると、小さな体が小刻みに震えていた。

『申し訳ありません。兄上のことは俺がお守りしないといけないのに……雷が恐ろしいなんて……』

『大丈夫だよ。私だって雷が苦手だ。それで突然何の用で――』

弟の背中を撫でていた手が止まる。

『あ、あの……俺……』

暁光はいいづらそうに枕を抱きしめている。

深夜に枕を持って兄の部屋に忍び込む。それが示す答えは一つしかなかった。

『……ひとつ、頼みがあるのだが。聞いてくれるか？』

『な、なんですか……？』

『私と一緒に寝て、雷から守ってくれないか？』

そういうと、暁光は目をまんまるく輝かせて「はい！」と大きく頷いた。

大きな寝台で、幼い子供二人、身を寄せ合って眠った。

『布団を被れば、光は気にならない。音が恐ろしいなら、二人で話していよう』

宮殿は大人ばかり。年が近い相手は秀雅と暁光だけだった。

暁明は目の前で耳を押さえ震えている暁光の頭を撫でながらこう続けた。

『昼間のこと、覚えているか？　ほら、其方が私の振りをして慈雲（じうん）の剣の稽古に出ていただろう』

『あ、ああ……あの驚いた慈雲の顔、とても面白かったです！』

『その後二人で大目玉を食らったがな』

やっと暁光に笑顔が戻る。

背格好が似ている二人は、時折入れ替わっては侍女や侍従たちをからかって遊ぶことが多かった。

『ほら、先日父上に連れられて赴いた春明国でも――』

二人は手を繋ぎ、談笑をしながら夜を越した。

『兄上。これからも時々兄上のもとに来てもいいですか？』

『ああ。私も、暁光といると楽しい。ここの大人たちは恐ろしいからな。だから、今晩のことは二人だけの秘密だ』

そうして小指を絡め合う。

兄弟としての穏やかな思い出は、これが最後だった。

『暁明！』

金切り声が二人を夢から追い出した。

目を擦りながら起き上がると、血相を変えた当時の皇后が暁明を睨みつけていた。

『このっ偽者！　長子の座だけではなく、私から暁光までも奪うつもりかっ！』

『うわっ！』

皇后が暁光を抱き寄せ、暁明を寝台から突き飛ばす。

そして愛おしそうに皇后は暁光をかき抱いた。

『は、母上!?』

『ああっ、暁光かわいそうに！　この男がお前を誑かしたのでしょう！　あの卑しい女と同じようにっ！』

『ち、違います母上！　これは俺が兄上に我が儘を――』

『これを兄と呼ばないでっ！』

暁光が兄、と呼んだ瞬間皇后の目の色が変わった。

『これを兄とは認めません！　本来なら、天帝になるべきは暁光、あなたなのですよ！　必ず、必ずこの母があなたを天帝にしてさしあげますからねっ！』

慈しむように暁光を撫で、皇后は無理矢理その腕を引いて部屋を後にする。

『兄上！』

『暁光――』

『覚えておきなさい、陽暁明。私はお前を許しはしない。そこに立つべきはお前ではなく、暁光です！』

暁明をぎろりと睨む瞳には殺意と憎悪が籠もっていた。

あまりの恐ろしさに暁明はその場に立ち尽くし、暁光に伸ばしかけた手は力なく下ろされた。

この朝陽国は長子相続。男女関係なく、最初に生まれた者が世継ぎとなる。

暁明の母は九嬪の一人。つまるところ側室だった。

ところが父——先帝の寵愛を一身に受け、真っ先に子を身籠もったことを当時の皇后は絶対に許さなかった。

この一件が、皇后の怒りに火をつけたのかはわからない。

それから天陽の母への執拗な嫌がらせは続き、母が毒を飲んで自死を図ったのはあの夜から一年後のことだった。

『暁明兄上！』

兄弟が久々の再会を果たしたとき、既に暁明の心は死んでいた。

暁光がいつも立っていた隣には、許嫁となった秀雅が控えていた。

『……母上が死んだよ』

ぽつりと暁明は呟く。

『……私なんて生まれなければよかった。そうすれば、母上も死ぬことはなく、暁光だって——』

『そんなこといわないでください！　俺は、俺は兄上が……』

光を失くした暁明の目から、涙が一筋零れる。

『お前が先に生まれていればよかった。そうすればお前が天帝になれたのに』

『兄上……』

『私は……天帝になんて、なりたくない』

今思えば、絶対に天帝になれるはずもない暁光の前でそんな言葉をいったのはあまりにも酷だった。

その時の暁光の衝撃と悲しみにうたれたような表情を今でも覚えている。

それから、皇后が暁明の母の死に関わっていたことが先帝の耳に入った。寵愛する妃を失った先帝は、皇后を暁光と共に後宮から追放したのだ。

『わかりました。兄上、それなら俺が――』

別れ際、暁光にいわれた言葉の続きは一体何だっただろう――。

「――暁光は天帝になりたいと、本気で思っているのか？」

遠い記憶を思い出し、寝返りを打つ。

暁光に背を向けながら天陽はそう問いかけた。

「ああ、俺は本気だ」

（やはり私を恨んでいるのだな）

晩光の声は本気だった。

自分のせいで後宮を追放され、十数年宮廷から遠く離れた場所での生活を余儀なくされたのだ。

結局父は、母のことなどすぐに忘れ別の妃に寵愛を注いだ。

皇后の身でありながら、天帝に愛されなかった皇后の無念も今ならわかる。

おまけに肝心の兄はこの体たらく。天帝になりたくともなれない暁光から憎まれ、恨まれるのも当然だろう。

「どうして……天帝になりたいんだ？」

理由を聞くのが恐ろしかった。

民からも好かれ、明朗快活で腕っ節も強い。

卑屈で、根暗な自分よりきっと彼の方が天帝に相応しいのかもしれない。

（答えによっては私は――）

「兄上のためだ」

「わた……天帝の？」

力強い言葉に、天陽は思わず暁光を見た。

彼は幼い頃と変わらず、目を輝かせ、拳を握りながら答える。

「俺は兄上を不幸にしてしまった。最後に会ったとき兄上は『天帝になんて、なりたくない』と嘆いていた。重い役目が兄上を苦しめるなら……俺が代わる。兄上は俺が支える。いつか幼い頃、二人で入れ替わったときのように。嵐の夜、兄上が俺を守ってくれたように」

「――――」

天陽は固まった。

誤解していた。暁光は自分を恨むが故に、自分を廃し天帝の座につきたいのだと。

だが、違った。暁光はずっとずっと自分のために動いてくれていたのだ。

自分が天帝になりたくないと願ったばかりに、彼はこれからの自分の自由を全てかなぐり捨て、天帝におさまろうとしてくれている。

「だからこそ、麗霞、お前が必要なんだ。天帝の血が流れる、お前の力が！」

「どういうことだ……？」

そこで出された麗霞の名に、天陽は驚きながら体を起こす。

ようやく見えた暁光の表情はいつもと変わらず覇気に満ちあふれており、力強く麗霞の手を握る。

「天帝になるのは俺一人の力では無理だ。秀雅義姉上の影響力が強すぎる。そこで、本来天帝となるべきだったお前が俺の妻となることで全てが解決する」

「なにを……いっている」

「俺たちが祝言をあげるときに、お前の出生をみなに知らせるんだ。そうすれば、皆お前にひれ伏し、兄上ではなく俺を天帝として認めてくれるはずだ」

「そんなことをしては身に危険が……」

「案ずるな。なにもお前が天帝になるわけじゃない。結婚したらお前は後ろに下がっていればいい。もし、お前を狙う者がいたら、俺が必ず守るから！」

（それはつまり……其方はただ、麗霞を利用しようとしているだけではないか）

暁光の言葉に心がすうっと冷えていくのがわかった。

「だから、麗霞。俺たちでこの朝陽国を守ろう！　今こそ、兄上をお支えするんだ！　愛し合う俺たちならば、この国を救うことができる！　そうすれば母上も認めてくれる」

「……違う」

握られた手を振り払う。

「其方が欲しているのは麗霞ではない。麗霞の……血だ」

自分の存在を利用される、その愚かさを天陽は身をもって知っていた。

だからこそ麗霞の出生を知っても騒ぎ立てることはなかったし、彼女が安寧に過ごせるように協力したいと思った。

暁光のもとで麗霞が自由に過ごせるのなら、彼女が幸せであるのなら――一瞬でもそう思った自分が愚かだった。

「暁光。其方に、白麗霞は渡せない。そして、天帝の座も」

「……お前、誰だ」

眼前の弟を睨みつければ、その顔が顰められる。

静かな殺気。懐にそっと伸びる手。恐らく武器でも仕込んでいるのだろう。

「私は陽暁明。其方の兄だよ」

「──は？」

「信じられないかもしれないが……私と白麗霞は入れ替わっている」

暁明は目を瞬かせる。信じられずとも無理はない。

「こうやって床を共にしたのも同じ嵐の夜だったな」

「本当に、兄上……なのですか」

そうだ、と天陽は静かに頷く。

「其方の想いはよくわかった。これも全て私が今まで未熟だったことが原因だろう。今回のことも、結局は煮え切らない私が招いた事態だ」

ぎゅっ、と拳を握る。

（元々は互いの結婚をないものにしようとした入れ替わり。全部台無しにしたのは──私じゃないか）

麗霞になにがあったのかはわからない。

だが、自分のために動いてくれていたことには間違いない。それを自分が拒絶した。

暁光だってそうだ。結局は自分の我が儘で、彼を振り回している。

いや、二人だけじゃない。秀雅も静蘭も慈燕も、他の妃たちだって――。

(くそっ。私はいつも守られてばかりじゃないか！　いつだって私は――)

そんな弱い自分が嫌で、腹を括ると決めたじゃないか。

「これまで支えてくれた者たちのためにも、そして自分のためにも易々と天帝の座を譲るわけにはいかない。私がこの国を、朝陽を統べる太陽となる。そう決めたのだ」

だから、と言葉を切り天陽は暁光を見つめる。

自分と同じ金色の目をそらさずに見たのは十数年ぶりだった。

「それに、私は麗霞を好いている。そんな彼女を利用しようとする其方には、天帝の座も……そして麗霞も渡すわけにはいかない」

「なにを今更……天帝になりたくないと仰ったのは兄上ではありませんか。俺は、いつでも天帝の座に就くため、この十数年必死に研鑽を積んできたんですよ」

「ああ。だからこれは男の意地だ。弟には負けたくないという、最初で最後の兄弟喧嘩だ」

天陽は一切引き下がらず、眼光鋭く暁光を見た。

「っ、ははっ！　あはははははっ！」

しばしの沈黙の後、暁光は腹を抱えて笑い出した。

「ははっ、これは面白くなってきました！　お変わりになられましたね兄上！　やっと、やっと張り合いが出てきて……この暁光、心の底から喜びがわき上がります！」

目に滲む涙を拭い、暁光はにっと笑い天陽を指さした。

「よいでしょう。その勝負受けて立ちましょう！　俺はあなたから、麗霞も、天帝の座も奪ってみせる。天帝に相応しいのはこの俺だ」

「面白い、やってみろ」

二人はにらみ合いながら、不敵に笑みを浮かべるのだった。


「――お話し中失礼致します」

現れたのは翠樹。西宮の侍女であり、訳あって今は天陽に仕える身だ。

「翠樹、どうした」

「静蘭様から折り入って言伝が二つ。暁光殿下のお耳にも入れたい、とのことで」

「何事だ」

翠樹は戸惑いがちに続ける。

「春明国から兵士が送られてきているそうです。恐らく、春花姫様のことが王の耳に入り、攻め込んできたのか……と」

「ははっ、早速仕掛けてきたか。相変わらず親馬鹿な王なことで。兄上に婚姻を拒絶され、皇后が倒れた今が好機と踏んだわけだな！」

想像どおりだ、と暁光は肩を動かし笑った。

「……まて」

天陽の目が泳いだ。信じられないというような表情で、天陽は暁光を見る。

「暁光……其方今、なんといった」

「春明が早速仕掛けてきた、と。なに、案ずることはありません。春明なんか恐るるに――」

「違うっ！　その後だ！」

暁光に摑みかかる天陽。

「皇后が……秀雅が倒れたといったか!?」

「え……まさか――」

ご存じなかったのですか、と声が震える。

戸惑いがちに暁光が翠樹を見ると、彼女は俯き言い淀んだ。暁光の襟を摑む天陽の手は真っ白で、酷く震えている。

「天陽様。くれぐれも落ち着いてきいてください」

翠樹は目を泳がせ、なんと伝えたものか迷っているようにみえた。

「翠樹、おしえてくれ。私が知らないところでなにが起きているんだ」

「——皇后様が。秀雅様が、危篤です」

「…………なん、だと」

その報告に、それまで冷静を保っていた天陽には頭を殴られたような衝撃が走ったのであった。

幕間

皇帝、失う恐怖

（──私は本当に大馬鹿者だ！）

轟く雷雨の中、天陽は後宮をかけていた。

土砂降りで服が濡れるのも厭わない。秋夜の凍える寒さも気にならない。

ただ頭が熱い。湧き立つ怒りは自分へのものだ。

（麗霞の様子がおかしかったのはそのためか！　何故……どうして私はこんなにも愚かなんだ！）

枢宮までがやけに遠く感じる。ようやく見えてきた朱色の門をくぐり、天陽は秀雅のもとに急いだ。

「秀雅！」

水滴を滴らせながら、天陽は寝所に駆け込んだ。

荒い息を整えつつ部屋を見回すと、中央の寝台の傍には目を泣き腫らした侍女の鈴玉と、難しい顔をした静蘭と慈燕。そして寝台には真っ白な顔をした秀雅が眠っていた。

「天陽様……」

「静蘭……いや、慈燕！　何故こんな重要なことを私に黙っていた！」

顔を真っ赤に染め、天陽は慈燕に詰め寄る。

「──私が、頼んだんだよ。其方に知られれば、きっとこうなると思ったからな」

重い空気の中、いつもの軽快な声が聞こえる。

視線を向けると、目を開けた秀雅が天陽に微笑みかけていた。

「はは……皇帝を尻に敷く最強の皇后が無様に弱った姿など、あまり人には見られたくないだろう。積年の恨みを晴らそうと、天帝に寝首を掻かれても困るんでね」

「馬鹿者！　そんな冗談をいっている場合か！」

冗談混じりに笑った拍子に咳き込む秀雅の背中を天陽はさする。

その背中は燃えるように熱いのに、服の裾から見える肌は血が通っていないかのように青白かった。

「まあ……然るべき時がきたということだ。本来ならば一年前に私は死んでいるはずだったからな」

ことのはじまりは一年前。自身の死期を悟った秀雅が、一人残していく暗君のために彼を支える後宮を作ろうとしたことが切っ掛けだった。

秀雅は自身を悪妃として生涯を終えるはずだったが、静蘭と麗霞が用いる秘術によって一命を取り留めていたのである。

「静蘭……秀雅の病は其方と麗霞が秘術を以て治したのではなかったのか」

「一度病を退けたとはいえ、減った寿命が戻ることはありませんから……」

「人はいずれ死ぬ。寧ろここまで生き延びたことを褒めてほしいくらいだ」

他人事のように秀雅は笑う。

「麗霞はなにをしている」

普段ならこの場に確実にいるであろう彼女の姿が見当たらなかった。

「彼女はここにはこない」

「なぜ……」

「幾ら其方と入れ替わっているとはいえ、白麗霞は一介の侍女。医師でも、側近でもない無関係な人間をおめおめ弱った皇后に近づけると思うか？」

「――な。なにを急に」

突然麗霞を拒絶した秀雅に天陽は狼狽えた。

最初は予想外の出来事だったかもしれない。けれど、今まで麗霞を巻き込んできたのは――。

「……私は。私たちは、彼女を巻き込みすぎた。負担を背負わせすぎてしまった。これが潮時かもしれない――っぐ」

「秀雅様っ!?」

咳き込みを押さえる秀雅の指の間から鮮血が零れる。

白い布が真っ赤に染まっていき、天陽は動けなくなった。

「こうなったのは全部……」

最初から自分が王にならなければ、自分が麗霞を巻き込まなければ、皆を不幸にすることはなかった。秀雅に負担をかけることもなく、彼女を無駄に苦しめることもなかったのではないか。

——こうなったのは全部、自分のせいだ。

すると、秀雅が天陽の胸をとん、と小突いた。

「また情けない顔をしおって。また自分は天帝に相応しくない。全部自分のせいだ、などと後ろめたく思っているのだろう」

「……っ」

「私には其方の考えていることなど全てお見通しだ。何年一緒にいると思っているのだ、腑抜けめ」

にっと笑う秀雅。彼女には全てお見通しだった。

「一年前、其方は私にいっただろう。天帝として生きると。そう、腹を括ったと。こんな些細なことで決意を揺らがせるな。だから其方はいつまで経っても腑抜けだ、暗君だと呼ばれるのだ」

「し、しかし……」

「其方はなんだ。この国の頂点に立つ男だろう。其方のやりたいようにやり、生きたいように生きろ。其方と私を救うために、柄にもない空回りをし、落ち込んでいるあの子を救ってやれ。今、其方がいるべき場所はここではないはずだ」

行け、と秀雅は天陽の胸を押す。

「いいか、暁明。このままでは朝陽に春明が乗り込んでくる。一歩間違えば大戦の始まりだ。そして……白麗霞も暁光のものになってしまうぞ？」

企み顔で、秀雅は天陽を見据える。

「このままでは其方は全てを失うぞ？　一度腹を括ると決めたのなら、貫き通してみせろ、暁明……いや、天陽帝」

「秀雅……」

「人を信じ、己を信じよ。其方たちが今まで築いてきたもの全てを。其方は決して独りではない。そう、だろう？」

「ああ――」

その一言で天陽の迷いが消えた。

思い切り両頰を叩き、赤くなった顔をあげ、前を見据え、にっと口角を上げた。

「やってやる。やってやろうとも――」

長年連れ添った相棒に迫る死期、隣国からの侵攻、実の弟からの下剋上――そして己がずっと秘め続けている恋心。

今までのこと、これからのこと。

様々な事象が絡み、重なり合い。朝陽に、麗霞に、そして天陽に、過去最大の危機が訪れようとしていた。

自分が動かなければきっと彼女が動いてしまう。それはいけない。

これは自分がケリをつけなければならない。

天帝として。それは決して身代わりの彼女ではなく。

ならば、自分がやるべき行動はひとつ。そして自分が動けばきっと彼女も――。

第五章

侍女、宣戦布告

「出せっ！　出しなさいっ！」

固く閉ざされた扉に麗霞は強く拳を打ちつける。

全体重をのせて突進をしても、体を痛めるだけでなんの意味もなさなかった。

「天帝を決して部屋から出してはならない、との皇后陛下直々のご命令ですので」

暫くすると、扉を隔てて申し訳なさそうな兵士の声が聞こえてきた。

「一応私は立場的には皇后よりも上なんだけどっ⁉」

「申し訳ありません。命令ですので」

何度説得しても返ってくる言葉は同じだった。

結局、彼らはまだ天帝より皇后の命令が優先らしい。今回に限ってはどちらがどうとか、そんな話をしている場合じゃないのだけれど。

「私はただ、あの人に会って話がしたいだけなの！　お願いだから出して！」

「……申し訳ありません」

「くそっ――――！」

苛立ちながら扉を叩き、ずるずるとその場に座り込む。

真っ赤になった拳がじんじんと痛む。

「もう……サイアクだ……」

深いため息をついて膝を抱えた。

閉じ込められるのはこれで何度目だろう。

いつもならがむしゃらに動いて状況を打開できていたが、今回ばかりは打つ手なし。傍にいてくれるはずの慈燕もいない。静蘭に連絡をとる手段もない。正真正銘の孤立無援。事態は悪いほうへと転がるばかり。

本当にここ数日碌なことがない。

いや。そもそも三度目の入れ替わり生活がはじまってから――いいや……。

「最初から、か……」

思い返せば一年前。ひょんなことから天陽と入れ替わってから本当に色々あった。殺されかけたり、国の存亡に巻き込まれたり、その他無理難題多数。

そして今回も結局面倒事に巻き込まれる始末。でも、そんな生活でも嫌だと思ったことはなかった。いや、寧ろ楽しんでいたと思う。

「なんでこんなことに。私はただ……」

自分に出来ることを精一杯頑張っていただけなのに、と麗霞の自嘲は静かすぎる部屋に虚しく響いた。

＊

「――秀雅様！」

遡ること二日前。あの茶会が行われた夜、秀雅は突然麗霞の前で倒れた。

「秀雅様、秀雅様っ！」

「落ち着きなさい、白麗霞！　すぐに游静蘭と慈燕様を呼びましょう！」

騒ぎを聞きつけ駆け込んできたのは秀雅の侍女、鈴玉。

鈴玉は麗霞を押しのけ、秀雅の体を抱きしめた。

「鈴玉……いいか。伝えおいたとおりに動け……」

「わかっております。秀雅様、この鈴玉に全てお任せ下さいませ！」

掠れた声で腕を掴む秀雅に、鈴玉は気丈に頷きながらテキパキと周囲に指示を出していく。

「一体なにが……」

「来るべき時が、来たのよ……」

鈴玉は背を向けたまま答える。

『だって、秀雅さまはもう長くはないのでしょう？』

呆然と立ち尽くす麗霞の脳裏に、春花（しゅんか）の無邪気な言葉が蘇（よみがえ）る。

そんなはずない。そんなことあっていいはずが――。

「鈴玉……秀雅様は、秀雅様のお体は……」

「黙って。お願い。それ以上……いわないで……」

いつも気丈な鈴玉の声が、その小さな背中が震えていた。

ああ、これは紛れもない現実なんだと、麗霞はこの時頭が真っ白になった。


「――どうした。通夜にはまだ早いぞ?」

秀雅が目覚めたのは翌朝のことだった。

あの後すぐ、枢宮（すうぐう）に静蘭と慈燕が呼び出された。しかし秀雅が倒れたことは極秘裏に扱われ、枢宮の門は部外者を入れないように固く閉ざされることとなった。

そしてそこには何故か一番に知らされるべきであろう天陽の姿はなかった。

しんと静まり返り、神妙な面持ちの麗霞たちを見るなり、秀雅は冗談めかして笑ってみせた。

「静蘭。私にはあとどれくらい時間が残されている?　隠さなくていい、正直に申せ」

「――もって、数日でしょう」

極めて冷静に告げられた静蘭の言葉を、麗霞以外の人間は黙って聞いていた。

「……まさか。みんな知っていたの？」

「知らぬのは暁明だけだ。他の妃たちにも内密に伝えてある。〝来るべき時に備えろ〟と。元々そのために呼び寄せたのだからな」

いつものように不敵な笑みを浮かべながら、秀雅はゆっくりと体を起こす。

「さて、動けるうちにできることはしなければ。慈燕、状況はどうなっている」

「春明国の王が兵を引き連れ、朝陽に向かっているようです。春花姫と天陽様の婚姻話が決裂した場合、そのままここに攻め込むつもりかと」

「ははっ、随分速い動きだな。それで暁光の動きは」

「表向きはこの国を守ろうとしているようですが、天陽様を廃し、自身が天帝に就くという思惑があると見受けられます。このまま、暁光殿下が春明を迎え撃ち、撤退の方向に傾けば、民衆は暁光様を支持。下剋上に雪崩れ込む可能性もあるでしょうね」

「ははっ……外でも内でも状況は最悪だな」

もう笑うしかない、と秀雅はけらけらと笑っている。

「……すみません。春花姫のことに関しては、私のせいです」

麗霞は申し訳なそうに俯き、拳を握りしめる。

急いた自分が蒔いた種だ。よかれと思って取った行動で、一国存亡の危機を迎えてしまっている。

（どうしよう。どうしたらいいの）

いつもならがむしゃらに馬鹿げた作戦を思いつくはずなのに、こんなときに限って頭が全く働かない。

春花に振られるはずが、彼女を手ひどくつきはなし、天陽には拒絶され、秀雅は倒れた——全く自分の計画通りに進まない現状に、麗霞の頭は大混乱だった。

いや、そもそもはといえば——。

「どうして、私にも教えてくれなかったんですか」

ぽつりと麗霞は零す。

「天陽様に病状を伝えなかったのは心配をかけたくなかったからですよね。それなら、せめて私には教えてくれても……」

「何故、其方に伝える必要がある」

ぴしゃりと秀雅にいいきられて、麗霞は一瞬とまどった。

「え、だって——」

「先にも申したが、其方は一介の侍女。この件に関しては部外者だろう」

麗霞に頭を殴られたような衝撃が走った。

「で、でも……だって……私は……」

また、拒絶だ。ぐらりと目眩がする。

静蘭の手伝い程度ではあったが、自分だって秀雅の看病をしてきたはずだ。

それに今まで自分なりに頑張ってきたはずだ。いきなり天帝になれと無茶振りをされ、それでもがむしゃらに皇后や、他の妃や、迫りくる無理難題に立ち向かってきたというのに。

（私は、一体今までなんのために――）

「白麗霞。だから其方は逃げていい」

「――え？」

思考がぐるぐると回る中、秀雅の一言が麗霞を現実に引き戻した。

「ここから先は其方には関係のないことだ。慈燕、彼女を連れていけ」

「――は」

秀雅が目配せすると、慈燕が麗霞の腕を取る。

「天帝を枢宮に入れるな。そうだな……また自室に籠城させておけばいい。弱気で引き籠もりの暗君にはそれがお似合いだろう」

「秀雅様、待って！　もう一度話を――」

その声は秀雅に届くことはなく、扉は無情にも固く閉ざされた。

そして麗霞は慈燕に引きずられるようにして幽閉場所に連れて行かれる。

「慈燕さん、話を聞いてください！　秀雅様を放ってはおけません！　また危機が迫っているなら、いつものように二人で作戦を立てましょう！　そうしたら――」

「何度もいっただろう。あなたは最初から部外者なんだ」

慈燕は足を止めることなくぴしゃりと言い放つ。

「あなたには確かに天帝の血が流れているのかもしれない。だが、それだけだ。妃でもなければ、天帝でもない。ただの侍女。あなたがこれ以上首を突っ込む必要はない。大人しく田舎に帰るのがあなたにとっては幸せだろう」

「はあっ!?」

散々ないわれように非難の声を上げる麗霞。

天陽の自室の前で立ち止まった慈燕は、ようやく振り返り麗霞を睨んだ。

「私は最初からこんな入れ替わりなんて反対だった。いつもいつもあなたがたに振り回されるこちらの身にもなってもらいたい」

「でも慈燕さんだってなんだかんだいいながら、いつも私のこと助けてくれてたじゃないですか。私、慈燕さんをいい相棒だと思って――」

「黙れ！」

声を荒らげた慈燕に麗霞はびくりと肩をふるわせる。

「数日後には満月だ。時が来れば、天陽様と共に池に飛び込み、そこでこのくだらない入れ替わり生活も終了。そして……あなたとの縁もそこまでだ」

「私が……邪魔だっていうんですか……？」

「私の主は天陽様ただお一人。勝手に相棒を気取られるのも迷惑だ」

「そん……な……」

突き放された。失意にくれた麗霞の力が弱くなった隙に、慈燕は彼女を部屋の中に押し込めた。

「事がおさまるまでそこに閉じこもっていろ。それが一番安全だ」

「待ってくださ――」

背を向けて放たれた言葉。麗霞の言葉を遮るようにばたんと扉は閉ざされた。

「慈燕さんっ!!」

慈燕の名を呼んでも返答はない。その代わりに聞こえる重たい施錠音。

こうして麗霞は部屋に閉じ込められた。

「……どうして」

呆然と、麗霞はその場にくずれるように座り込んだ。

どうして。なんでみんな話も聞かずに、自分を拒絶して突き放すのか。

「私は一体どうすれば……よかったの……」

なにが正しいのかわからず、麗霞は血が滲むほど拳を握りしめたのだった。

＊

そうして今に至る。

食事は一日三度運び込まれるが、食べる気力も湧かない。

以前の入れ替わりでは慈燕に急かされこなした山のような書類仕事も皆無だ。

閉じ込められ、食事だけは与えられ、ただ生かされているだけ。

「本当に、私になにもさせずにここに閉じ込めておくつもりなのね」

壁に背を預け、床に座っている麗霞は気怠げに呟いた。

静寂、孤独。無為に流れていく時間。

暇は人を殺す。監禁されて一日しか経っていないが、これまでのことと重なり麗霞は心身共に折れかけていた。

「逃げる？　そうだね……あと数日で元の体に戻るんだから、それが終われば後宮を出て村へ帰ればいい」

ごん、と床に頭をぶつけながら倒れ込んだ。

後宮から出て田舎でひっそりと暮らそう。自分の出生のことは黙って、誰とも結ばれず、寿命が来るまで独り静かに暮らせばいい。

「私は部外者で、関係のないことだから……」

独りごちるように呟いた。

必死に首を突っ込む必要はない。これ以上なにか動いたところで、余計な波風を立たせ、みんなに迷惑をかけてしまうだけなのだから。

(なにもやる気が起きないなあ)

とうとう声を出すのも嫌になった。指一本すら動かすのも億劫で、息をするのも煩わしい。

床に倒れた拍子に、音がするほど頭を打ったけれど、痛みも気にならなかった。

床が冷たい。このまま溶けて消えてしまえればどれだけ楽だろう。

「あの時、天陽様を助けたのは間違いだったの？」

一年前の夜、池に落ちた天陽を助けたことからはじまった入れ替わり。

あの晩、彼と出会わなければ――こんな未来はなかったのに。

自分は静蘭の侍女として、なにも知らず過ごせたはずだ。そう。本当にただの侍女として――。

ああ、自分でも嫌になるほど思考回路が後ろ向きになってしまう。

(はは……これじゃまるで――)

あの人みたいじゃないか――そう自嘲の笑みを浮かべ、麗霞は諦めるように目を閉じた。

――――のだが。

「天帝様っ！　扉の前から離れて！」

「――――は？」

驚く間もなく突然響く轟音。舞う土煙。

ぱちくりと目を瞬かせれば、差し込む光に目を細める。

薄ら見える視界には、破壊された扉と、土煙に漂う三人の人影が――――。

「やっぱりここにいたわね！」

「桜凜……」

「また天帝がお部屋に籠もられたとの噂を静蘭殿から聞いてね」

「雹月……」

「陛下の危機には妃が立ち上がらねば。ということで、助けにきましたわよ！」

「静蘭……」

天陽の三人の妃たちが、そこに立っていた。

思いも寄らぬ人物たちの登場に麗霞は呆気にとられて腰を抜かしている。

「みんなどうして……私はここから出てはいけないって、秀雅様が……」

「あら。私たちはなにも命じられていないわよ？」

あっけらかんと静蘭が微笑む。

「でも……天陽様の私室には本来妃は入れないはずで！」

「客人のお姫様が入れて、妃である私たちが入れない理屈はないでしょう？　あの目ざといおじいちゃんたちなら、お金渡したらあっさり見逃してくれたわよ」

桜凜がすりすりと親指と人差し指を擦り合わせる。

どうやら口うるさい長老たちを朱家お得意のお金の力で黙らせたらしい。

「だ、だとしても……外には見張りがいたはずで……」

「私を誰だと思っている。あの程度恐るるに足りない。いい準備運動になったよ」

雹月が得意げに木刀を腰に納める。

そっと部屋の外を見てみれば、気絶した兵士たちが縄でぐるぐる巻きにされていた。

もうぐうの音も出ない。後ろを振り返れば、妃たちはにっこり笑って手を振っている。

（この人たちは本当に……）

自然と頬がゆるむ。

さすがはあの秀雅が選び抜いた女性たちだ。人の予想を遥かに超えてくる行動力には敵わない。

「みんな来てくれてありがとうございます。でも私は……」

「――さて。麗霞、私は久々に貴女を叱らなければならないようね」

　俯く麗霞の頬に静蘭は手を添え、上を向かせる。

「白麗霞。私の侍女たるもの、俯き腑抜けた顔をしているなんて許しませんよ」

「でも……これは私が……」

「でも、だって。たられば話は後ですればいい。入れ替わったら、あなたは心までかつての天陽様のように卑屈になってしまうの？　一度の失敗がなに？　そんなことで白麗霞は折れるものなの？」

　しっかりなさい。静蘭は麗霞の両肩に手を置き、そう諭した。

「やられっぱなしでいいの？　このままじゃ、あなた本当に負けてしまうわよ？」

「負ける――」

　その言葉が麗霞の目に光を戻した。

　そう。このままでは全て秀雅の意のまま。自分はなにもできずに終わってしまう。

　敗北――麗霞がこの世で一番嫌いな言葉だ。

「……負けるなんて、絶対嫌だ」

　ひとりごとのように呟いて、拳を強く握り締める。

　たとえどんな相手でも、どれだけ自分が劣勢だろうと、絶対に負けたくない。

　白麗霞は大の負けず嫌いなのだから。

「そうだね。一度失敗したからってここまで落ち込むなんて、私らしくもない」

　ことがことだから、つい怖じ気づいてしまった。

　そう。一介の侍女が突然国を左右する大騒動に巻き込まれれば、臆するのは当たり前なのだから。

『麗霞。負けたくないなら、野犬のように噛みついて離すな。たとえ、泥まみれになろうとも、どんな無様な姿になろうとも、最後に立っている者が勝ちなのだから』

　幼い頃、父から教わったど根性魂。

　田舎で育った麗霞は、女ながらにどんなガキ大将にも負けなかった。

　傷だらけ、泥だらけになろうとも相手が音を上げるまで絶対に諦めない。

　そうして生きてきた。それは故郷でも、後宮でも変わりはしない。

「ど田舎だろうと、国を左右しようと、喧嘩は喧嘩。勝負する相手を見誤るな」

　そう。自分が今戦うべきは、口うるさい長老たちでも、暁光でも、春花でも、慈燕でも、ましてや春明国でもない。

　自分が戦うべき相手は最初からなにひとつとして変わっていない。

　そう理解した瞬間、心がすとんと軽くなった。

「ごめん。みんな、ありがとう」

　麗霞はゆっくりと顔をあげる。

(追い詰められたときこそ、不敵に笑うのよ。白麗霞——)

「……行こう、みんな」

「ここから出てはいけないといわれているのに、一体どこへ行くつもり？」

外に出ようとする麗霞を静蘭がわざとらしく呼び止める。

「決まっているでしょう——」

振り返った麗霞は妃たちを見据え不敵に笑ってこういった。

「秀雅様のところだよ」

そう。麗霞が戦うべき相手はこの朝陽国の皇后秀雅、ただひとりなのだから。

＊

「へ、陛下、なぜこちらへ！」

三人の妃を引き連れ、麗霞は枢宮へやってきた。

固く閉ざされた門には近衛兵(このえへい)がずらりと並び、麗霞の行く手を阻もうとする。

(秀雅様は私が来ることは想定内ってことね)

面白い、と麗霞はにやりと笑う。

「皇后に会いにきたんだ。そこを通してほしい」

「ここは誰も通してはならぬ、と皇后様のご命令です！　どうかお戻り下さい」

「嫌だといったら？」

「た、たとえ陛下や妃様たちであろうと……ここを通るというのであれば力尽くでお戻りいただく……」

兵士たちの手が武器にかかる。微弱に放たれる殺気。どうやら脅し文句ではなさそうだ。

「お下がり下さい。ここは私が道を開き――」

刀を抜こうとする雹月を、麗霞は腕を出し制す。

「大丈夫。私が戦うべきは彼らではないから」

「一体なにを――」

雹月が驚いた。

膠着し、緊迫する空気。互いに今すぐにでも武器を抜かんとする中で、麗霞は丸腰のまま兵士たちの前に立つ。

「其方ら――」

満月が、金色の瞳を輝かせる。

「天帝たる私が『道を空けよ』と申しているのだ。それとも、其方たちはこの私に剣を抜くというのか？」

「──あ」

脅すでも怒るでもない。ただ、静かに放たれた言葉に兵士たちは圧倒された。

麗霞の言葉には皇帝たる気迫があった。それは彼女の中に流れる血がそうさせたのかはわからない。

（私がこんな態度を取るなんておこがましいことだ。でも今は──）

たとえ中身が侍女だとしても、事情を知らない者にとって彼女は『天帝』であるのだから。

「申し訳ございません、天陽陛下！　お許しを！」

その場で兵士たちが一斉に頭を下げる。

「私はただ、秀雅と話がしたいだけなんだ。通してくれるな？」

「はっ！」

兵士たちは一斉に武器から手を離すと、割れるように道を空けその場に跪いた。

「お見事です。それでこそ我が主。惚れ惚れしてしまいますわ」

歩き始める麗霞のすぐ後ろに静蘭が頬を赤らめながら歩み寄っていく。

「私の力じゃない。みんな天陽様を認めてくれてるってことだよ」

幾ら暗君だと誹られようとも、皇后の方が影響力が強かろうとも、彼らにとっては天帝はただ一人。絶対的な頂点なのだから。

自分に向かって跪く兵士たちを横目に、麗霞は歩く。

（これが天陽様が毎日見ている景色。天陽様が立っている場所――）

自分の言葉一つで人々が傅き動く。この光景を麗霞は一生覚えていようと、目に焼き付けたのだった。

（さて……あとは、あの不器用な人にお灸を据えなきゃだね）

にっと笑いながら、麗霞は秀雅の寝所に続く扉を開けた。

「こんばんは！　来ちゃいましたっ！」

「なっ――」

「来ちゃいました……って」

満面の笑みでひらりと手を上げた麗霞に秀雅、慈燕、鈴玉の一同が目を丸くする。

「なんで貴女がここに……って！」

麗霞の傍らに控える静蘭を目に留めた瞬間、思考を止めていた慈燕が再起動する。

「游静蘭！　姿が見えないと思ったら彼女の手引きをしたのは貴女ですか！」

「いやいや、静蘭はなにも悪くないですよ慈燕さん。ただ、私が来たかったから来ただけです」

「そうだとしても、外には見張りが――」

「私が通してーって頼んだら、みんな通してくれました。あ、でも兵士さんたちを責めないでくださいね」

あっけらかんと説明する麗霞に慈燕は愕然として口を開ける。

「游静蘭、劉雹月、朱桜凜。其方らはなにをしている。私を裏切るのか」

黙っていた秀雅は脅すように妃たちを見据える。

「裏切るつもりなどありませんよ」

「私たちは自分の意志でここにいます」

「私たちは秀雅様のコマではなく、天帝様の妃ですから」

雹月、桜凜、静蘭は麗霞に寄り添い勝ち誇ったように微笑む。

そんな彼女たちと対峙して、秀雅はふっとほくそ笑んだ。

「そういうことです秀雅様。私はみんなに助けられて、今ここに立っているんですよ」

麗霞は微笑みながら一歩一歩秀雅のもとに歩み寄る。

「よく私の前に顔を出せたな。これ以上首を突っ込むな、といったはずだが？　すっかり天帝気取りか。所詮、其方は身代わりだというのに」

「そうやって脅しても無駄ですよ。そもそも、私が臆して秀雅様の顔色を窺う必要なんてないんです」

「なんだと……？」

「私はただ、白麗霞として皇后様とお話ししにきただけなんだから」

笑みを絶やさず、麗霞は秀雅が横たわる寝台に近づき――。

「きゃあっ!?」

利那、鈴玉の悲鳴が響き渡った。

「白麗霞。これは……一体どういうつもりだ？」

麗霞が寝台に乗り上げ、秀雅の胸ぐらを思いっきり掴み上げたのだ。

「秀雅様……私、怒ってるんですよ」

金色の瞳が、秀雅を睨む。

「今まで散々人を巻き込んで、無茶苦茶な無理難題をふっかけて。それで突然、お前は部外者だ、何様のつもりだ、なんて……幾らなんでも都合がよすぎませんか？」

「事実、今まで其方は散々嫌だなんだと文句をいってきただろう。肩の荷が下り、其方は平凡な暮らしを送れるのだ。これほど良いことはないだろう？」

「ははっ……」

麗霞は乾いた笑い声を上げ、更に手に力を込めた。

「ふざけんじゃないわよ」

怒りに満ちた表情で、麗霞は秀雅を見下ろす。

「短い間ですけどね、私は今まであなたと付き合ってきたんです。私をこれ以上巻き込まないために、私を守るために、わざと遠ざけようとしたんでしょう？　見え見えなんですよ、二人とも」

沈黙こそ肯定。

だんまりを決め込む秀雅と慈燕を麗霞は再び鼻で笑い飛ばす。

「そんな中途半端な優しさで私が喜ぶと思いました？　突き放せば私が泣いて逃げると思いましたか？　私も随分と見くびられたものですね！」

額に青筋を立て、麗霞は叫んだ。

「残念でした！　私はね、負けるのが一番嫌いなんですよ。追いつめられるほど私は絶対に負けたくないって、ヤケになるんです！　それにね……私が闘ってるのは、暁光様でも、春花様でも、行ったことのない春明国でもないんですよ！」

獣のように麗霞は秀雅を見据えた。

「貴女ですよ、秀雅様。私は入れ替わった時からずっと、貴女と闘っているんです。貴女にだけは絶対に負けたくない！　最初に天陽様と入れ替わったときからずーっと。これは私と貴女の勝負なんです！　勝ち逃げなんてさせるもんですか!!」

一息で言い切り、麗霞は呼吸を整える。

沈黙が続く中、麗霞はただ黙って秀雅を見据え続けた。一瞬たりとも互いに視線をそらすことはなかった。

「は、はは……っ。あはははははははははっ！」

沈黙の後、秀雅の高らかな笑い声が響き渡る。

「寿命が来る前に笑い死ぬ！　傑作だ、最高だ！　それでこそ、私が認めた女だ！　白麗霞！」

いいだろう！　と秀雅は声高らかに麗霞の襟首を摑んだ。

互いに顔を近づけ笑いあう。

「ならば白麗霞、私と最後の勝負といこう！　最後まで天帝を演じてみせよ！　そして春明を退け、暁光の下剋上を阻止してみせよ！　そして朝陽と暁明を守れなければ——私と共に地獄に落ちてもらうぞ」

「そうこなくっちゃ！　その勝負、受けて立ちましょう！」

売り言葉に買い言葉。この二人の勝負が、いつも事件の発端だった。

こうして秀雅と麗霞の最後の勝負がはじまった。

第六章

身代わり侍女と皇帝、最後の勝負

「朝陽(ちょうよう)の帝よ、門を開けよ！　春明国(しゅんめいこく)が王、春魏(しゅんぎ)が参った！」

その晩。隣国、春明の者たちが朝陽に到着した。

百余りの兵を率い、固く閉ざされた宮殿の門前で、声高らかに叫んでいる。

「我が愛する娘、春花(しゅんか)を傷付け、婚姻を拒絶したその罪……身をもって償っていただこう！」

ややすると、鋭い音をたて重い門が開かれる。

「たった一人の娘子のため、遠路はるばるご苦労であった。春明の王よ！」

そこに立っていたのは暁光(ぎょうこう)。

その背後には春明に負けず劣らずの兵士たちがずらりと控えている。

「貴殿は……」

「我が名は陽(よう)暁光。我らが天陽帝(てんようてい)と血を分けた弟だ！」

「弟……？　天帝はなにをしているのだ!!」

「こんな小競り合い、天帝が出るまでもない。この俺が、代わりに話を聞こうではないか！」

「自らは後ろに下がり、臣下に話をつけさせようなど、実に無能で腰抜けの王よ！春花も何故そのような男を好くのか、理解に苦しむわ！」

はっ、と春明王が鼻で笑うと暁光の額に青筋が立った。

「ほざけ……貴殿に兄上のなにがわかる」

「ほお、この儂に剣を向けるか。よほど朝陽は春明と戦がしたいと見える」

「貴殿とて、それを望んでこんなに兵を連れてきたのだろう？」

一触即発。この二人の行動一つで、今にも互いの兵が動きださんと睨み合う。

「ご老体、負ける前に帰るのが身のためだぞ」

「抜かせ。ずっと引き籠もっていた寝惚けた王が率いる国に儂が負けるはずもない」

「減らず口を……」

暁光の目が殺気だち、それぞれ腰の剣に手がかかる。

「――よせ、暁光」

それを止めたのは女の声。

奥の方から兵士たちが道を空けた。現れたのは天陽。武器も持たず、兵も連れず、たった一人で春魏王の前に立ち塞がった。

「なんだ貴様は」

「私はこの後宮に仕えるただの侍女だ」

「侍女……？」

王の眉間に皺が寄る。こんな所に一介の侍女がいるなんてあまりに不自然だ。

「兄上……お下がりください。ここは俺が」

「其方がこれをおさめてしまえば、英雄になる。それでは天帝の立つ瀬がないだろう」

「俺はそのために――」

「いいや、これは私の役目だ。誰かに任せるわけにはいかない」

決意に満ちた天陽を、暁光は啞然と見下ろす。

既に両国の兵士たちは一触即発だ。言葉一つ間違えただけで、すぐにでも戦いがはじまってしまうだろう。

(それに、麗霞(れいか)でもきっとこうするはずだ)

この体で勝手をすればきっと麗霞は怒るだろう。

だが、同じ状況になれば彼女なら同じ行動を取るはずだ。

(私たちはもっと互いを信頼すべきだったんだ)

すれ違い故に生まれた現状。悔いても嘆いても仕方がない。ならば、進むしかない。

この騒動を治めるためにきっとどこかで走り回っているであろう、彼女を信じて。

「どうするおつもりですか」

「彼らはここで食いとめる。これ以上、麗霞にばかりいい顔をさせてなるものか」

天陽は顔をあげてにっと笑う。

麗霞ならきっとどんな壁に当たろうとも乗り越えてくる。ならば、自分も出来うることをするまでだ。

大切な者を守るために。

(麗霞も、妃たちも、この国も……私が守る)

天帝は侍女の体を借り自身の国を守るために立ち上がる。

「ただの侍女が、この春明の王になんの用だ」

「——春魏王。私の話を聞いていただけないだろうか」

＊

「——ご報告いたします。春明国の兵が城門に到着いたしました」

その報せ(しら)が翠樹(すいじゅ)によって麗霞たちの耳に届いたのは、それから間もなくのことだった。

「春明の兵士の数はおおよそ百。暁光様も同数の兵士を連れ、現場は拮抗(きっこう)しているのですが——」

「なにか問題が起きたのか」

「……天陽様が、武器も持たずお一人で春明国王の前に立ち塞がっております」

その言葉に秀雅と慈燕の目が見開かれた。

「今は白麗霞の体を借りているからとはいえ、自殺行為だ！　何故止めなかった！」

「ここは私に任せ、慈燕様たちに報せよとの命でしたので」

「ほんっとに天陽様は不器用な人ですね」

突拍子もない天陽の行動に慈燕たちが頭を抱えている中、麗霞は徐に立ち上がり寝所を出ようとする。

「どこへ行くつもりだ。まさか、ノコノコ城門に出て行くつもりではないだろうな」

「幾ら私でもそんな馬鹿なことしませんよ。その場は天陽様たちにお任せします。暁光様だって腕が立つ。あの二人ならきっと上手くやるはずです」

「それなら一体どこへ……」

扉に手をかけ、麗霞は振り向く。

「天陽様が時間稼ぎをしてくれている間に、私は本丸を叩きにいくんですよ。それで、全部無事に解決したら……秀雅様も、天陽様も二人まとめてひっぱたきます！」

「──待て、白麗霞！」

慈燕の制止も聞かず、麗霞は枢宮を後にする。

（天陽様は私ならするであろうことをしようとしてる。それなら私だって天陽様のように動くんだ。今の私たちに必要なのは、きっと対話だから）

枢宮を後にした麗霞が向かったのは北宮（ほくぐう）だった。

「――今更、なんのご用ですか」

「通せ。春花姫に話があるんだ」

怒れる侍女たちを押しのけ、春花のもとへたどり着く。

寝台に倒れていた春花がむくりと起きて、御簾（みす）越しにこちらを見ていた。

「白麗霞は身を引きましたか？　私を皇后として迎えると、そう仰りにきてくださったのですか？」

「……いいや。その答えはまだ出せないよ」

「それなら帰って下さい！　これ以上私を無様にさせないで！」

泣きわめく春花の声を聞かず、麗霞はずかずかと足を進める。

「こないでっ！　私より白麗霞の方がいいのでしょう！　私なんて私なんて……っ！」

勢いよく御簾を開けば、泣き腫らし目を真っ赤にした春花がこちらを見上げている。

「なっ、ぶっ……無礼ものっ！　帰ってください！」

あられもない姿を見られ、春花は慌てて毛布をかぶった。

こんもりと盛り上がる山に、麗霞はそっと手を乗せる。

「ごめんなさい」

「——え？」

「この間の茶会は全部私が悪かった。貴女のことをなにも知ろうとせず、話を一切聞こうともせず、勝手に拒絶して、遠ざけてしまった」

だから本当にごめんなさい。丸まった布団の前で正座をした麗霞は深々と頭を下げる。そろりと僅かに顔を出した春花の目がまん丸に見開かれる。

「今更……謝られたところで……」

「桜春花さん。私は貴女と話しにきたんだ。私の言葉を聞いてくれるなら、もう一度だけ顔を見せてほしい。あなたが許してくれるまで、私はここに居座ります」

「そんな……自分勝手な……しつこい人は嫌いです」

「はは……あなただって随分私に付き纏ってきたじゃない。そのお返しだよ」

「なっ……」

春花にもその自覚はあったのだろう。うう、と唸りながらさらに布団に小さく縮こまった。

「天陽さまは本当に私との約束、覚えていないのですか？」

「……ごめん。私はその約束のことを本当にしらないんだ」

布団のすき間から顔を覗かせた春花が麗霞を見て目を瞬かせた。

「……あなた、だあれ？　天陽さまだけど、天陽さまじゃ……ない？」

春花の目を見つめ、麗霞はにこりと微笑んだ。

毛布からはみ出ている春花の指先に手を添えて、優しくこう続ける。

「教えてください。あなたは天陽様とどんな約束をかわしたんですか？」

「春明でしか生きられない私を……いつかお城から出してくれるって。大きくなったら迎えにいくって、そう約束したの。本当なの……嘘じゃないのよ」

ぽろぽろと涙を流す春花の背中を麗霞は優しく摩る。

「うん。貴女が嘘をついてないことはわかった。だからもう一つだけ教えてほしいの」

「なんでしょう？」

「姫はどうして秀雅様の余命が僅かだということをご存じだったのですか？」

「それは――」

春花が言葉を続けようとしたとき、背後から足音が聞こえてきた。

「今、姫と大切な話をしているんだけど……？」

じろりと麗霞が振り返ると、その足音はぴたりと止まる。

そこにいたのはあの長老四人衆だった。

「天陽様、春明国がすぐそこまで迫ってきています」

「春魏王は大変お怒りのご様子。このままでは戦になります」

「暁光殿下も、危篤状態の秀雅様も最早何の役にも立ちません」

「お選び下さい。春花姫とご結婚なさるか、このまま春明国と戦をするか」

逆光で、長老たちの表情は窺えない。

けれど、その声はどことなくほくそ笑んでいるように聞こえた。

「え……戦？　どういう……こと？　お父様がいらしているの？」

なんで、と春花の目が見開かれる。

「そうです。春花姫。お父様がいらっしゃいました」

「貴女様のためにです」

「さあ、春花姫。天陽様を説得なさるのです」

「そうしなければ、また大戦が始まりますよ」

長老たちの言葉に春花姫は動揺し身震いする。

「い、戦をするなんて聞いておりません！　だって私は……あなたがたに『秀雅様が亡くなった後に皇后になってほしいから』といわれて――」

その言葉に麗霞は、ははあと声を漏らす。

「なんだ、そういうこと。これを全部仕組んだのはあなたたちだったんだ」

全てを察した麗霞はぎろりと長老たちを射る。

「二人の結婚で二つの国を結ぶ。聞こえはいいけど、本心は二つの国を支配したかったんでしょう？」

「仕組んだ、などと人聞きが悪うございます」

「我々は朝陽の将来のために動いたまで」

「朝陽はもっと偉大で強大な国にならなければいけない。そのためには生まれ変わらないとならないのです」

口々と長老たちは話し出す。

「我らは朝陽を作り替えるのですよ」

「秀雅様はいささか我が強すぎる。彼女が危篤になった今が絶好の機会」

「無能な天帝に、幼い姫。この二人の婚姻が結ばれれば、私たちの思いのまま」

「自由にならない人形など……必要ない」

月明かりが部屋に差し込む。

そして長老たちの表情が露わになった。麗霞をそして春花を見下すような侮蔑の顔。

「さあ、天陽様。春花様と結婚する。そう一言おっしゃってください」

「さすれば、すべてまあるくおさまります」

「その後のことはいつものように我々にお任せを。貴方様は人形でいてくださればよいのです」

「朝陽も、春明も、我々が良い未来に導きますゆえ」

恐ろしい笑みを浮かべる四人衆に、麗霞はぎゅっと拳を握りしめた。

「いい加減にしろ！　陛下や秀雅様の思いを踏みにじり、国を……人間を意のままに操ろうだなんて……そんなこと許せるはずがないでしょう！」

「お怒りになるのは構いませんが、そうすれば先に待っているのは戦です」

「そうすれば、幾千幾万の民が死にますよ？　朝陽も春明もただではすまないでしょう」

「まあ、それでどちらかが潰れれば——頭をすげ替えれば良いだけの話。能のない皇帝を我々が操る。これまでと何ら変わりのないこと……」

「——っ！」

あろうことか、彼らは天陽だけではなく朝陽の民すらも人質に取ったのだ。

(天陽様と春花姫が婚姻しなければ、このまま戦がはじまってしまう！)

「私、違うのです……こんなことを望んでいたわけじゃないの！」

涙をぽろぽろと流しながら春花は首を横に振った。

「城を出れば、お嫁にいければ幸せになれるって……ずっと、そういわれて。天陽さまとの約束はほんとうで。私、ほんとうに嬉しくて……それなのにっ……」

「……そうだね」

その気持ちは痛いほどわかる。麗霞だってずっとそういわれてきたから。

春花は良くも悪くも本当に利用されただけなんだ。

「こんな可愛い女の子の想いを土足で踏みにじるなんて許せない。恥を知りなさい！」

声を荒らげる麗霞に、長老たちは心底呆れたようにため息をついた。

「交渉は決裂……ということですね」

「このような手は使いたくありませんでしたが……やむを得ないですね」

「いうことを聞いて頂けないのであれば、陛下の大切な者たちには消えて頂くしかありません」

「――は？」

「皇后秀雅、三名の妃たち、そして……陛下が随分気に入られている、白麗霞に」

その名が出た瞬間、麗霞の目が丸くなる。

「ご安心を。苦しむことなく殺しましょう」

「邪魔者が消えれば、陛下はまた元の人形に戻っていただける」

「それが得策。それこそ朝陽の安泰に繋がる」

「我々に全てお任せください」

「……ぷっ！」

緊迫の空気の中、突然麗霞が吹き出した。

「なにがおかしいのです」

「白麗霞を消すぅ？　それがどういう意味かわかってるんですよね⁉　ここにいる私は本物の天陽帝ではなく、身代わりだっていうのに！」

「なにをいって――」

「――全て聞かせてもらったぞ」

長老たちが振り向くと、そこには白麗霞――の身を借りた天陽が立っていた。

「此度の混乱を仕組んだのはやはり其方らだったのだな」

天陽は麗霞と目を合わせ、互いに小さく頷いた。

「な……何故、お前がここに！　お前たちは我が手先が消して――」

慌てる長老たちを天陽は鼻で笑う。

「それはコイツらのことか？」

暁光に連れられ、数名の刺客が引きずられ長老たちの前に投げつけられる。

「この混乱に乗じて、俺や兄上、さらには春魏王の命まで狙おうだなんて……本当ずる賢いやつらだなあ、オマエらは。まあ、確かに春魏王が消えれば残るは春花姫のみ。そうなれば春明国は朝陽に支えてもらうしかなくなるものなあ！」

「ぐっ……」

ぎろりと暁光に睨まれ、長老たちは狼狽える。

「あなたたちは天帝と春花姫を結ばせ、混乱に乗じて春魏王や秀雅様の息がかかった妃たちを皆殺しにするつもりだったのでしょう。そして春明もろとも朝陽を意のままに操ろうとした」

麗霞がそう続ければ、天陽が隣に立つ。

「少し前までの私ならばそれも容易かっただろう。だが、もう其方たちの好きにはさせん！　私たちはこの国を守るために立ち上がったのだから！」

「秀雅様が、天陽様が……いいえ、みなで力を合わせて守ってきたこの国を貴方たちの好きにはさせない。そしてこの朝陽の皇后陛下は秀雅様ただお一人！　その死を喜ぶことなど断じて許さない！」

並び立つ麗霞と天陽。二人の金色の瞳が長老たちを見据える。

だが、この年まで生き長らえた彼らがここで挫けるはずもない。

「ふっ……こんなことで追い詰めたと思うなよ！」

「お前たちは無事でも、妃たちはどうかな⁉」

「か弱い女たちは今頃、為す術もなく殺されているだろう！」

「死にかけの秀雅もろとも――」

苦し紛れの戯れ言に、二人はあくどい笑みを浮かべ声を揃えてこういった。

「あはっ、ははははっ！　ちょっと聞きました天陽様！」

「ああ……彼女たちを殺すなど……私たちを殺すよりも難しいだろうなあ」

顔を見合わせて笑う二人に、周囲はぽかんと口を開く。

二人はひいひいいいながら、改めて長老たちを見据えた。

「あなたたちは本当になにもわかってないんですね」

「あの皇后秀雅が選び抜いた——私たちの妃を侮るなよ」

その瞬間、物凄い音と共に十数名の刺客たちが部屋に転がり入ってきた。

「——なっ」

「……私は武術は向いてないんですがねえ」

息を切らす慈燕。そしてその傍に並び立つ雹月（ひょうげつ）、桜凜（おうりん）、静蘭（せいらん）。

「私たちが天帝の足を引っ張るはずがない。刺客に狙われたときの対処くらいは教えているにきまっている！」

「……な、なんとかだけどねっ！」

「うふふ……私たちも随分舐（な）められたものですね」

雹月は剣を、桜凜は震えながらも木の棒を持ち、静蘭は薬瓶を片手に微笑んでいる。

「な、何故だ……何故こんなことに！　我々の計画があああああっ！」

「おのれ、琳（りん）秀雅！　どこまでも私たちの邪魔をする！」

「あの女が消え、そして白麗霞、陽暁光さえ消えれば我々の思い通りになるというのに！」

「おのれ、おのれ……お飾りの人形が、自我を持ちおって！」

取り囲まれた長老たちは顔を歪ませ、憎悪に満ちた表情を浮かべる。

「そうね。長く生きれば、知恵もつく。先帝より前からこの国に仕える貴方がたが、麗霞の出生を知らないはずがないもの」

静蘭がゆっくりと長老たちの前に出る。

「天陽様と春花姫の婚姻だけでなく、麗霞と暁光様の婚姻も貴方がたが裏で糸を引いていたのでしょう」

長老たちに目をあわせ、恐ろしい笑みを浮かべる。

「最初からおかしいと思っていたの。半年前の麗霞の暗殺騒ぎ、そして無理矢理進められていた麗霞のお見合い。彼女の存在が最も邪魔なのは、他でもない貴方がただものの。そして天陽様と正反対の明朗快活な暁光様も、貴方がたにとっては目障りこのうえなかった。だから、麗霞と無理矢理くっつけて……あとでこっそり殺そうとでも思ったのでしょう？」

「――っ」

どうやら図星だったようだ。長老たちは目をそらし、苦虫をかみ潰したような顔をした。

「つまり……我々は、幼い頃からずっとこの者たちに都合のいいように利用されていた、ということか。とうとう私だけではなく、他の者や、他国までも巻き込んで――だ、そうだ。春魏王よ」

天陽が道を空けると、ゆっくりと殺気を放ちながら春魏王が現れた。

「な……」

「お父様っ!?」

「全て……話は聞かせてもらった。愛娘を利用し、私を嵌めたな、朝陽の年寄りどもめ！」

その怒号にびりびりと空気が震える。

「な、何故だ……数多の兵を引き連れ、城に攻め込んできたのでは！」

「暁光とぶつかり、あまつさえ両方が倒れれば……」

「無為に年を取るというのも、つくづく哀れだな」

ため息をつきながら、暁光が話す。

「俺たちを舐めるなよ。すぐに戦いを引き起こすほど、人間は馬鹿じゃない」

「その侍女――麗霞殿がきちんと話してくださった。我々は互いの勘違いで無益な戦を起こすところだったのだ」

春魏王は天陽を見る。

「そもそも今回の婚儀、最初から矛盾だらけだったのだ」

そう天陽は話す。

突然、春明国から客人兼次期皇后候補として姫を送りつけられた朝陽。

だが、一方の春明は朝陽からの申し出で姫を次期皇后として送ってほしいと提案されたという。

「ここで生じる矛盾。つまり、どこかで情報を誤操作した者がいる。今回、こんなくだらぬ話を持ってきたのは其方らであったなあ？　長老たちよ？」

「ぐっ――」

「なんのために口がある。なんのために言葉がある。きちんと話せば、春魏王はわかってくださったさ」

天陽はにやりと笑う。

「強欲は身を滅ぼす。其方らの企てもここまでだ。観念するといい」

「――っぐ」

「先々代から仕えてきた」

「我々の野望もこれまでか……」

「おのれ、あの占術師――我々を嵌めたな……」

とうとう長老たちはその場に座り込み、天陽を見上げる。

「最後にはっきり教えてやろう。其方らが殺そうとした白麗霞は私だよ」

「——は？」

「貴方たちが『天帝』だとゴマをすっていたのは、天陽様じゃなくて私」

並び立つ二人を交互に見据え、長老たちは目を丸くする。

「気付かないほど、貴方たちはなにも見えてなかったんだね」

「其方らは危うく、天帝に手をかけ即刻死罪となるところだったのだぞ」

「い、一体なんの話……」

あくどい二人の笑みに長老たちの顔から血の気が引いていく。

「あ、これなんのことだかわかってないみたいですね。長く生きているのに、あの池の入れ替わりの伝説は知らないんですね」

「入れ替わり？　まさか……そんなことが——」

「だってあれはただの伝説……」

「貴方たちはずっと身代わり皇帝と侍女に踊らされていたんですよ」

にんまり笑って、麗霞は長老たちの額を指で小突いた。

「そんな……」

「我らの野望が……」

「そんなくだらぬおとぎ話で」

「ついえるとは……」

　突然の衝撃で、長老たちは頭が真っ白になり、無事慈燕たちに取り押さえられたのであったとさ──。

＊

「申し訳なかった！　すっかり唆されてしまったばかりに、こんなことに！」

　騒動後、春魏王と春花が深々と頭を下げた。

「貴方がたを唆したのは我々の側近たち。謝るべきはこちらです」

　慈燕がそう告げると、春魏王は口ごもりながら首を横に振った。

「いや、違うのだ。恥ずかしい話、我らも踊らされていたもので……」

「踊らされた？」

　春魏王の言葉に全員が首を傾げる。

「実は先日、春明にとある占術師がやってきてな」

「占術師……？」

　その言葉が出たとき、全員に嫌な予感が走った。

「その占術師がいうことには、朝陽と関係を深めれば、春明はさらに大きな国になる……と。関係を深めるとは、つまり婚姻。そう連想した儂が、春花に話を持ちかけてみたら、彼女はなんと『天帝様と夫婦になる約束を交わした！』と、そう申しまして」

「そんな上手い話があるわけが……と思っていた所、都合良く朝陽の長老たちから婚儀の話が持ちかけられ……占術師や姫の話をすると、トントン拍子に話が進み――」

負の連鎖が続きに続いた結果だった、というわけだ。

つまるところ占術師の上手い話さえなければ、春魏王はもっと疑い深く考えてから姫を朝陽に送るか決めただろうということ。

「ん？　ちょっと待て、長老たちも『占術師』がどうのこうのといってなかったか」

はたと気付いた天陽に、春魏王が頬をかきながら答える。

「いや、なんでも長老たちも占術師から『春明と関係を深めれば、朝陽はさらに大きな国になる』との話を聞いたらしく」

なんだか風向きがおかしくなってきた。

すごくすごく嫌な予感がして、麗霞はぎこちなく春魏王を見た。

「……あの、ちなみにその占術師の名前ってご存じですか？」

「笙紫鏡（しょうしきょう）、という名の凄腕の占術師でした」

「――アイツかあああっ！」

その名が出た瞬間、皆一斉に叫んだ。

笙紫鏡――半年前、天陽暗殺騒動を予言し、後宮を混乱に陥れた謎多き占術師。

いつの間にか姿をくらましたと思えば、あれはまた遠隔から朝陽をかき乱したのだ。

きっと今頃どこかでほくそ笑んでいるに違いない。

「つまり……天陽様と春花姫が交わした約束っていうのは誤解？」

「だから、私は身に覚えがないのだといっただろう」

啞然とする麗霞に、天陽は言葉をちくりとさした。

「人たらしだの、ろくでなしだの色々といわれたな……」

珍しく天陽がぐさぐさと痛いところを突き刺してくる。その度に、麗霞はだらだらと冷や汗を流した。

「だ、だって……あんな風にいわれたら、誰だってそう思うじゃないですか」

「私だって馬鹿ではない！　交わした約束ぐらい覚えているにきまってる！」

「でもはっきり否定できなかったじゃないですか！　つまりは覚えていなかったってことでしょう!?」

「ぐっ！」

また二人のいいあいがはじまった。

「――仲良く喧嘩しているところ、申し訳ないが、ちょっといいか？」

その間に暁光が入り、おずおずと手を挙げた。

「春花姫。兄上とその約束を交わしたのはいつのことになる？」

しゅんとしていた春花姫は、話を振られ顔をあげる。

「十年程前になります。天陽様が先帝様と一緒に春明国を訪れた際に――」

「ああ――」

なにか思い当たる節があったのだろう。暁光は、納得したように頷いた。

「それ、たぶん俺だ」

「――――は？」

突然の告白に、全員の目が点になる。

「一体どういうことだ、暁光」

「兄上、覚えておられませんか？　その来訪には俺も一緒についていったことを」

「――――あ」

長い沈黙。どうやら天陽も思い当たることがあったらしい。

途端に目を泳がし、だらだらと冷や汗を流しだす。

「なにがあったんですか？」

「いや……その……」

「何故目を泳がせるんです？　後ろめたいことがあるんですよね？　まさか、実はうっかり忘れていただけで、麗霞を傷付けたというわけでは……」

麗霞と静蘭に詰め寄られ、他の妃たちに冷めた目で睨まれた天陽はたじたじになりながら答える。

「じ、実はその頃……私と暁光はよく入れ替わっていてな」

「入れ替わり？」

全員は交互に天陽と麗霞をみやる。

「違う！　今回のような入れ替わりではない！　当時、私たちは背格好がよく似ていてな……ほんの悪戯心で、互いを入れ替えて過ごしていたことがあったのだ」

「つまり……暁光様が天陽様を演じていたということですか？」

暁光と天陽はこくりと頷く。

全員が二人をじっと見つめる。確かに、今でこそ雰囲気は異なるが、身長はほぼ一緒。暁光の方が筋肉質で、日に焼け肌が黒くなっているものの……よくよくみれば、その顔立ちは瓜ふたつ。

「兄上と入れ替わった俺は、城の中を自由に出歩けた。初めての経験だった。そこで、一人の少女と出会ったんだ」

ちらりと暁光は春花を見る。二人の視線が重なりあう。

「大きな池の前、蓮の花を見つめる物憂げな少女。そんな彼女に、思わず目を奪われたよ」

「そう……それで天陽さまが声をかけてくださったのです。『何故そんな悲しい顔をしているんだ』と」

春花は懐かしそうに話す。

「私は一生あの城で過ごすのだと思っていました。国のために、自由もなく……」

「それが俺の境遇と重なってな……だからこういったんだ。『いつか俺が自由になるときがきたら、お前を迎えにくる』と」

「――じゃあ、私の初恋相手は天陽さまではなく」

「俺、だな」

あっけらかんと、暁光は笑った。

「やっぱり、おまえかあああああああああっ！」

麗霞と天陽は叫ぶ。

「いやあ！　すまない、すっかり忘れていた！　なにせ子供の頃の話だからな！」

「其方のせいで私たちがどれだけ損害を被ったと思っている！」

「しなくてもいい喧嘩だったたってことですか！　こんなにモヤモヤしてた私がバカみたいじゃないですか！」

開き直る暁光に、天陽と麗霞は詰め寄った。

いつだってこのお調子者が場をかき乱し、かっ攫(さら)っていく。

二人にぎろりと凄まれながらも、暁光はやはりいつもの調子で笑っていた。

「だからいったじゃないか、私には身に覚えがないと！」

「天陽様も天陽様ですよ!!　子供の頃に入れ替わってたなら、最初に教えてくれればいいじゃないですか！」

「だから、忘れていたといっているだろ！」

「ほらっ、結局忘れてたんじゃないですか！　その物忘れのせいで、人がどれだけ振り回されたかっ！」

また言い合いをはじめる二人に、ごほんと静蘭が大きく咳払いをする。

「二人とも……口げんかをする前に、早く元に戻った方がいいと思うけれど」

「え？」

静蘭が微笑みながら空をさす。

「もうすぐ夜が明けてしまうわ。それこそ二人が一生入れ替わったままになってしまうわよ？」

空は僅かに明るみ、間もなく訪れる夜明けを告げていた。

月夜池での入れ替わりの期間はひと月。それを逃せば、二人の体は一生このままになってしまう。

「うふっ、そのままでも私はいいのだけれど。そうしたら天帝の寵愛は私が全力でもぎ取りにいきますけれど」

「抜け駆けは許さないわよ、游静蘭！　それなら、侍女となった天帝は私の侍女としてもらい受けますわっ！」

「なにをいっているのです。お二人とも、私に剣を習っているのですから私の傍にいるのが一番いいにきまっている」

静蘭、桜凜、雹月がワケのわからない取り合いをはじめ出す。

これは色んな意味でまずいと、麗霞は急いで天陽を見た。

「急ぎましょう、天陽様！　一生身代わり皇帝なんて死んでもごめんです！」

「ちょっ……待て！」

有無をいわさず、麗霞は天陽の腕を引き走り出す。

そうして忙しなく去っていく二人の背中を、言い合いをやめた妃たちは微笑ましそうに眺めていた。

「今の今まで危機が迫っていたっていうのに、あの二人は相変わらずね」

「それがお二人のよいところではないか」

桜凜と雹月が、息をつきながら微笑む。

「最初から、あのお二人の間に私が入るすき間なんてなかったのですね」

失恋ですわ、と春花が大きく息をつく。

「いや……恋に破れたのは俺だけだ。麗霞ははじめから俺なんて眼中になかったんだよ」

「ようやく気付いたのですね。鈍感なところはお兄様そっくり」

「貴女は本当に俺のことが嫌いだな」

「あら、そういうところは鋭いのですね」

ぐさりと痛いところを静蘭につかれ、冷や汗をかきながら暁光は春花のもとへ向かう。

「だが、俺だっていいだした責任は取らなければならないだろう」

「お約束を忘れていた方が今更なにを……」

「そうだ。俺は約束なんてすっかり忘れていた。だが、一度交わした約束を反故にするほど不甲斐ない男ではない」

そういいながら、暁光は跪き春花に手を差し出した。

「春花姫。まずは友人からはじめないか？　そして、その時がきたら俺が必ず姫を迎えにいく。そうしたら、この世界を旅して回ろう。きっと楽しいぞ」

きらめく金色の瞳に春花は息をのんだ。

ちらと春魏王を見ると、彼は父親の顔でゆっくりと頷く。

「好きになさい。儂は可愛いお前を守ろうと、ずっと城に閉じ込めていた。だが、麗霞殿や妃たちをみて、彼女たちのように自由に生きるべきだと……そう思った」

　そうして春花は改めて、暁光に向き返る。

「──はい」

　顔を赤らめながら、春花はその手を取った。

「結果的に、朝陽と春明は繋がった……というわけか」

「……あの占術師、言い回しが紛らわしいだけで占いだけはよく当たりますからね」

　幸せそうに破顔する娘を見て、春魏王は肩の荷をほっと下ろす。

「慈燕。天陽帝が戻られたらこう伝えてくれ。共に困難を乗り越えた春明と朝陽はこれからも友である、と」

「わかりました。必ず」

　こうして、国家転覆の危機は一件落着。

　しかし……朝陽にはまだ大きな問題がひとつ残っていた。

「話も落ち着いたところで、私たちも早く枢宮にいきましょう。秀雅様がお待ちです」

　静蘭の静かな一言で、穏やかだった場の空気が再びぴしりと張りつめた。

＊

「……早く、池に飛び込まないと！」

「このまま入れ替わったままはごめんだ！」

侍女と皇帝は手を取り合いながら、枢宮に入り真っ直ぐ中庭を目指す。

「──遅かったな」

池の傍にある大きな石に座る秀雅が二人を見た。

「秀雅──」

「待ちくたびれた。くたびれてくたびれて、危うく死ぬところだったよ」

秀雅の顔は白く、発する言葉は息も絶え絶えだった。

「秀雅様、朝陽は……」

「ああ、その話はまた後だ。いいからお前たち、もっとこっちに来い」

手招きされるがままに二人は秀雅のもとに歩み寄る。

「其方たちの愉快な顔も、もう見納めだな。この勝負、其方の勝ちだ、白麗霞」

「え──」

どんっ、と秀雅は二人の胸を思い切り突き飛ばし池に落とした。

二人は体勢を崩し、驚いた顔のまま池に落ちていく。

「——早く戻ってこい。私に残された時間は、もう……わずかだ」

池の中に体が沈んでいく。

水底で揺れる視界の中、二人が最後に見たのは、微笑んでいた秀雅の体がゆっくりと傾き、倒れていく姿だった——。

*

「——ああ」

額に添えられた手の感触で、秀雅がゆっくり目を開けた。

「暁明（ぎょうめい）……」

ぼんやりとした視界に映ったのは天陽だ。その傍には麗霞もいる。

「無事、元に戻れたようだな」

「ああ……全て終わったよ」

天陽がそう答えると、秀雅はほっとしたように微笑んだ。

「全て、終わったんだな」

「全ては長老たちが仕組んだことだった。春明の王たちも帰っていったよ。もう、この国も……其方も脅かされることはない。皆で守り抜いたよ。この城を、この国を」

「そう、か。それは……よかった……」

ふう、と秀雅は心底安堵したように長い息をついた。

「白麗霞。勝負は私の完敗だ。一介の侍女が三度も国を救うなんてな……天晴れだ」

「秀雅様の口から初めて負けを認める言葉を聞いた気がします」

「私は見事に一泡吹かされた。其方のいうところの──ぎゃふん、だよ」

ようやく望みが叶ったな、と秀雅はしたり顔で笑う。

「もう、なにがあっても大丈夫だな。私がいなくても、其方なら……いや、其方たちならこの国をずっと守っていける」

「なにをいう。秀雅だってこれからもずっと一緒だろう」

「……ふ。よしてくれ。虚しくなるだけだ。そういわれたら、もっと生きたいなんて……柄にもないことを考えたくなってしまうだろう？」

其方だってわかっているんだろう？　そう、見つめられると天陽の瞳が揺らいだ。

秀雅の顔色は悪く、呼吸も脈も徐々に弱まっている。

残された時間が少ないことは最早誰が見ても明らかだった。

「──鈴玉。皆、揃っているか？」

「はい。ご命令通り、天陽陛下、妃一同、そして白麗霞。皆、秀雅様のお側に」

秀雅が目配せすると、鈴玉は涙声でそう答えた。

そして秀雅はゆっくりと起き上がる。咄嗟に支えようとした天陽の手を制し、自らの力で体を起こし、呼吸を整え、そして凜と背筋を伸ばして全員を見回す。

「皇后秀雅としての最後の命令……いや、願いを皆に聞き届けてほしい」

秀雅は麗霞の手を取り、その瞳を真っ直ぐに見つめた。

「白麗霞。其方は天陽の隣に立つ覚悟はあるか？　その身をこの国に捧げる覚悟は──」

いや。秀雅は言葉を止め、首を横に振る。

「ううん。堅苦しい質問はなしにしよう。麗霞、其方は陽暁明を愛しているか？」

「私は天陽様……いえ、暁明様を愛しています」

「答えは得たか」

「はい。もう、迷いません」

「……ならば、よい」

その表情は今までにないほど穏やかで、とても優しいものだった。

そして秀雅はもう片方の手で、天陽の手を取った。

「白麗霞。其方を朝陽国天陽帝の次期皇后に据える。これは何人たりとも覆すことはできない。現皇后としての最後の命だ」

「――謹んで、お受けします」

麗霞は秀雅の手を強く握り返し、深く頭を下げた。

「これに異論のある者はいるか？」

集まった者たちは誰もなにもいわなかった。

その代わりに、拍手が返ってきた。最初は静蘭が、次に慈燕が。そして妃たちが。

「よい仲間……いや、よい家族を得られて私は幸せ者だ」

秀雅が集めた個性豊かな面々。その強すぎる個性は時に反発しあうこともあったが、この一年で確固たる絆(きずな)が結ばれていた。

「天陽帝、そして新皇后麗霞――」

秀雅は麗霞と天陽の手を握らせ、その上から自分の両手でしっかりと包み込む。

白く、冷たいけれどとても力強い手だった。

「朝陽の未来は其方らに託す。私が認めた偉大なる王たちだ。其方らなら、彼女たちとこの国をもっとよりよいものにしていけるだろう。朝陽の栄光と幸福を、私は永久に願っている」

そう言いきった瞬間、ぐらりと秀雅の体が傾く。

「秀雅――」

慌てて二人がその体を受け止めようとしたとき、秀雅はにやりと笑った。

「隙あり」

「──な」

秀雅は天陽の袖口を引っ張り、体勢を崩させるとその唇を奪ったのだ。

初めて重ねられた秀雅の唇に、天陽の目が点になる。

「は、ははっ。ぼさっとしているからだ、この阿呆めっ！　これで私が唇に毒を塗っていたら其方も道連れだぞ」

秀雅は微笑みながら、天陽の頬に手を添える。

「私は、其方を愛していた。友として、姉として、天帝として。そして……ひとりの男として」

「秀雅、私は……」

それ以上いうな、と秀雅は天陽の唇に指を添える。

「違うんだ。見返りを求めていたわけじゃない。其方が前を向き、これから先の世を生きたいと望み、そして心から愛する者ができた。其方が幸せになってくれれば、私はそれで十分なんだ。だから、これで私は安心して逝ける」

「しゅう──」

「それでは、また……な──」

そうして皇后琳秀雅は息を引き取った。

朝陽国は夜明けを迎える。

朝日が差し込み、秀雅を美しく照らした。

秀雅は笑っていた。全てのしがらみから解き放たれた、一人の女として。とてもとても幸せそうな笑みを浮かべて、永い永い眠りについたのだった。

終〇章　身代わり皇帝の婚姻

朝陽と春明の争いは、一夜にして人知れず解決した。同盟崩壊の危機が一変、春明国の春花姫と、天帝の弟君である暁光殿下の婚約が決まり両国の絆は更に深まった。首謀者だった長老四人衆は捕らえられ、国家転覆を謀った罰として遠い遠い島国へ流罪となった――とか。

このひと月の間に起きた後宮でのいざこざを知る民は一人もいない。朝陽に美しい朝日が昇り、平和で穏やかな一日がはじまろうとしていた。

――ただ、一つだけ。

この朝、皇后秀雅の死が国中に伝えられた。

彼女の死後三日間は、特別に宮殿が開け放たれ多くの民たちが献花に訪れ、偉大なる皇后の死を悲しみ、別れを惜しんだ。

――だが、かつて暴君と呼ばれた皇后秀雅。彼女がただで死ぬはずがなかった。

「これ……葬儀って呼べるの？」

「どちらかといえば、お祭りでしょう」

「秀雅様らしいではありませんか」

桜凜(おうりん)、雹月(ひょうげつ)、静蘭(せいらん)。三人の妃たちは喪に服しているというのに、いつも以上に派手な衣装に身を包み、笑いあっていた。

そんな彼女たちが見つめる先には、酒を片手にどんちゃん騒ぎをしている民たち。

その様子を見つめながら、鈴玉(りんぎょく)は泣きはらした目でこう叫ぶ。

「……これが秀雅様の願いですからっ！」

《私は葬儀など湿っぽいものは好かん。喪服は禁止。皆、華やかな衣装に身を包み、三日三晩飲めや食えや歌えやの大騒ぎをしろ。それが私にとっての一番の弔いだ》

秀雅の遺言にはそう残されていた。

つまりこれは彼女自身が望んだこと。

宮殿で催されていたのは国民みなを巻き込んだ、葬儀という名の祭りだったのだ。

妃たちは亡き皇后の死を悼みながらも、決して涙は見せず笑っていた。

「たまにはみんなで飲みましょう？　実家から美酒を取り寄せたの」

桜凜がそういうと、装飾が施された豪華な酒瓶を取り出した。

机に盃を五つ並べ、琥珀(こはく)色の酒を注いでいく。

「たまには昼間から飲むのも悪くないですね」

「秀雅様もこれからは誰に咎められることもなく、好きなだけお酒が飲めるでしょうし」

五つ注がれたうちの三つを、桜凜、雹月、静蘭が持った。もう一つは秀雅のために。

「盃がひとつ多いようですが……あの方のためですか？」

「なにをいってるの。貴女のぶんに決まってるじゃない、鈴玉」

桜凜は冗談っぽく笑いながら、鈴玉に盃を差し出した。

「ですが私は……」

「いつまでも空の宮を作っていてはこのようなことが幾度となく起きる。だからこそ、気心の知れ合った私たちでここを守っていこう……そう決めたでしょう？」

静蘭が桜凜の手に手を添え、ずいと鈴玉の方へ押しやる。

「鈴玉殿、貴女は秀雅様の侍女であったと同時に元は妃としてここにきた。秀雅様の望み、そして我らの推薦と陛下の許しをうけ元の鞘に収まるだけ」

目を泳がせる鈴玉を見つめ、雹月はゆっくりと頷いた。

鈴玉は元々は妃として入内した。だが、一年前の騒動により妃の座を退き、秀雅の侍女として過ごしていた。本来ならば主の死後、彼女はここを出て行かなければならない。だが――秀雅も他の妃たちも、そして天陽がそれをよしとしなかった。

『鈴玉。秀雅の最も傍で過ごした其方には、これからもここにいてほしい。きっと秀雅もそれを望んでいるはずだ』

そう天陽から頼まれたとき、鈴玉はすぐに返事ができなかった。

一度秀雅の命を、そして天陽の命を狙った身。本来なら一族が滅亡させられていても仕方がないのに、彼らは決してそうしなかった。

「私は……私は……」

できることならずっとここにいたい。愛する主の思い出が詰まったこの場所に。自分からはそんなことを望めるはずもないのに、彼らは当然のようにそれを認め、手を差しのべてくれる。

「皆さまは本当に……お人好し……ですね……」

鈴玉はぽろぽろと涙を流しながら、両手で盃を受け取った。

「私たちはこれまで様々なことを乗り越えてきました。きっとこれからも上手くやっていけるでしょう」

静蘭が盃を持ち上げる。それに続いて他の三名も盃を掲げた。

かつては天帝の寵愛を求め争った四人。だが、今は絶対的な信頼が生まれていた。

それは天帝への愛や忠誠心を超えた、女同士の固い絆。

「秀雅様へ、そしてこれからの我々の未来へ――」

かちん。四人の盃が重なった。

「さて、これからが本番ですね」

黿月が呟いた。

「まあ、彼女なら上手くやるでしょう」

「当然です。秀雅様や皆さまを差し置いて皇后の座につくんですから」

桜凜と鈴玉が少しの嫌みをこめながらも肩を竦める。

「大丈夫ですよ。だって、あの子は――麗霞（れいか）はこの一年何度も天帝の身代わりとしてこの国を引っ張っていたのだから――」

愛おしそうな目で、静蘭は閉じられた宮殿の扉を見た。

「ま、あのお方に渡すのは本当に惜しいのですけどね……」

「静蘭は本当に愛が重いな」

「当然です。私の麗霞への愛は山より高く、谷より深いのですから」

今日は秀雅の葬儀の最終日。そしてもう一つ、大切な式典が行われようとしていた。

それは天陽と麗霞の婚姻の儀である。

＊

「みんな盛り上がっていますね」

「葬儀を祭りにしてほしいなど、最期まで破天荒なやつだ」

「秀雅様らしいじゃないですか」

喧噪（けんそう）から少し離れた、宮殿の奥の部屋に天陽と麗霞がいた。

「私は……不甲斐ない夫だ。最期まで秀雅の気持ちに気づけなかった。いや、気づいていたが……気づかないふりをしていた」

「秀雅様はそれを望んでいたんじゃないんですか？　恋も愛も超えた……家族のような存在として」

「お互いに好きだ惚れたとベタベタする間柄ではなかったからな」

天陽は苦笑を浮かべ、徐に麗霞の手を取った。

「やっと、ゆっくり話せたな。このひと月、散々邪魔がはいったから」

「今回も色々ありましたからね……」

そこで息をついて、麗霞は天陽を見る。

「いいんですか？　私が皇后だなんて」

「それが秀雅の望みだ。そして……私の望みでもある」

天陽が頬を撫でれば、麗霞はそっと顔を赤らめ視線をそらした。

彼女はいつもの侍女の恰好（かっこう）ではない。美しい衣装に身を包んでいる。さながら妃のように。

否、麗霞は今日正式に皇后となる。これからその式典が催されるのだ。

「麗霞。私は其方を愛している」

「――っ」

愛を囁(ささや)かれた瞬間、麗霞の顔が真っ赤に染まる。

「なんだ。日頃あれだけ侍女にきゃーきゃー騒がれているのに、慣れないんだな」

「当たり前です！　こういうのはされるよりするほうが向いてるんですよっ！」

あたふたする麗霞を笑いながら、天陽はそっと彼女の頬を撫でる。

「いいさ。これから其方が慣れるまで、何度でもいえばいいのだから」

「――――」

麗霞はぽかんと呆気にとられた。

「なんだか、天陽様。秀雅様に似てきたような気がするんですが」

「いいや。私の振りをしている其方を真似てみただけさ」

「顔が良いのがずるいです」

「お褒めにあずかり光栄だ」

くすりと笑う。

「陛下も変わりましたね」

「これも全部、麗霞や妃たちのお陰だ」

男らしい顔にそっと麗霞は視線をそらす。

「私は……国民に受け入れられるでしょうか」

「これからも時に入れ替わりながら、二人で国を守っていこう」

「ええ……やりましょう。私たちならきっと朝陽を守れるはずです」

きっと顔つきが変わる。

「――失礼致します」

扉を叩き、慈燕が現れた。

麗霞を見て、眼鏡の奥の目が丸く見開かれる。

「な、なんですか」

「いや……馬子にも衣装だな、と」

「ああ、よかった。慈燕さんだけでもいつも通りで安心した……」

「いや、慈燕はかなり照れているぞ」

天陽にいわれて改めて慈燕を見てみると、目をそらし耳が僅かに赤くなっている。

「ほら、慈燕が認めるほど其方は美しいということだ」

「……なんか元の姿で慈燕さんに会うのもなんだかむず痒いような」

皆でどぎまぎしていると、慈燕がひとつ息をつき、姿勢を正した。

「だが、今があるのは貴女のお陰だ。白麗霞。改めて礼をいおう。貴女に出会えて本当によかった」

「……や、やめてくださいよ。慈燕さんにまでそんなことされたら、それこそ調子が狂います」

慈燕は二人の前に跪く。

「この李慈燕。これからは天陽様と同じく傍に仕え、この命に代えても御身をお守り致しましょう——皇后、麗霞様」

忠臣の心強い誓いを、二人はしっかりと受け止めた。

そして慈燕はさっと切り替え、いつもの仏頂面で二人を見据える。

「天陽様、麗霞様。そろそろお時間です」

「行こう、麗霞」

「はい、天陽様」

閉められていた宮殿の扉が開かれ、二人が国民の前に現れる。

手を取り合い横に並ぶ。

「第五十三代天陽帝。亡き先代皇后秀雅の遺言に則り、新たな皇后として白麗霞を皇后として後宮に迎え入れる！」

そうして二人は一緒に王座に就いた。

国民は新たな皇后の誕生を惜しみなく喜んだ。

二人で手を取り合い、この国を盤石なものにしていく。

身代わりからはじまった壮絶な二人の物語はまだまだ続いていくのかもしれない。

本書のプロフィール

本書は書き下ろしです。

小学館文庫

身代わり皇帝の婚姻

~後宮の侍女ですが、入れ替わった皇帝の代わりに結婚を迫られています~

著者　松田詩依

二〇二四年十月九日　初版第一刷発行

発行人　庄野　樹

発行所　株式会社　小学館

〒一〇一-八〇〇一
東京都千代田区一ツ橋二-三-一
電話　編集〇三-三二三〇-五六一六
　　　販売〇三-五二八一-三五五五
印刷所-TOPPANクロレ株式会社

この文庫の詳しい内容はインターネットで24時間ご覧になれます。
小学館公式ホームページ　https://www.shogakukan.co.jp

ISBN978-4-09-407399-7